Mujer frente al sol

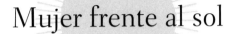

Mujer frente al sol

LA CREACIÓN DE UNA ESCRITORA

Judith Ortiz Cofer

Traducido por Elena Olazagasti-Segovia

THE UNIVERSITY OF GEORGIA PRESS

ATHENS AND LONDON

© 2005 by The University of Georgia Press
Athens, Georgia 30602
All rights reserved
Designed by Erin Kirk New
Set in 10/16 Fairfield by G&S Typesetters
Printed and bound by Thomson-Shore
The paper in this book meets the guidelines for
permanence and durability of the Committee on
Production Guidelines for Book Longevity of the
Council on Library Resources.

Printed in the United States of America
09 08 07 06 05 C 5 4 3 2 1
09 08 07 06 05 P 5 4 3 2 1

Library of Congress Cataloging-in-Publication Data

Ortiz Cofer, Judith, 1952–
[Woman in front of the sun. Spanish]
Mujer frente al sol : la creación de una escritora / Judith
Ortiz Cofer ; traducido por Elena Olazagasti-Segovia.
p.   cm.
ISBN 0-8203-2674-7 (pbk. : alk. paper)
1. Ortiz Cofer, Judith, 1952– 2. Authors, American—
20th century—Biography. 3. Hispanic American women—
Biography. 4. Hispanic Americans—Authorship.
5. Women—Authorship. 6. Authorship. I. Title.
PS3565.R7737 Z47818 2005
813'.54—dc22

[B]   2004063732

British Library Cataloging-in-Publication Data available

A mi madre y a mi hija

y a las otras pacientes tejedoras que nunca se rinden

Las arañas son pacientes tejedoras.

Nunca se rinden.

¿Qué las lleva a perseverar?

El hambre, sin duda,

y la esperanza.

—*May Sarton, "Amor"*

ÍNDICE

RECONOCIMIENTOS

Mujer frente al sol: La creación de una escritora es la traducción de *Woman in Front of the Sun: On Becoming a Writer,* publicado por la University of Georgia Press, 2000. Los ensayos y poemas que componen el libro aparecieron, a veces en versiones ligeramente diferentes, en los siguientes libros y revistas, a los cuales se les agradece la autorización para reimprimirlos:

"My Rosetta": *Prairie Schooner* 74.2 (Summer 2000). Reimpreso con permiso de la University of Nebraska Press.

"A Prayer, a Candle, and a Notebook": Publicado originalmente como "Rituals: A Prayer, a Candle, and a Notebook" en *Becoming American: Personal Essays by First Generation Immigrant Women,* editado por Meri Nana-Ama Danquah (New York: Hyperion, 2000).

Reconocimientos

"The Gift of a *Cuento*": *Las Christmas: Favorite Latino Authors Share Their Holiday Memories,* editado por Esmeralda Santiago y Joie Davidow (New York: Alfred A. Knopf, 1998).

"Woman in Front of the Sun": *New Letters* 65.4 (1999).

"Before the Storm": *El Coro: A Chorus of Latino and Latina Poetry,* editado por Martin Espada (Amherst: University of Massachasetts Press, 1995). Reimpreso en *New Letters* 65.4 (1999) como parte del ensayo "Woman in Front of the Sun".

"Taking the Macho": *Prairie Schooner* 68.4 (Winter 1994). Reimpreso con permiso de la University of Nebraska Press.

"The Woman Who Slept with One Eye Open": *The American Voice* 32 (Fall 1993).

"The Woman Who Was Left at the Altar": *Prairie Schooner* 59.1 (Spring 1985). Reimpreso en *Reaching for the Mainland and Selected New Poems* by Judith Ortiz Cofer (Tempe, Ariz.: Bilingual Press, 1995). Reimpreso con permiso de la University of Nebraska Press y de Bilingual Press.

"In Search of My Mentors' Gardens": *Arts and Letters* (Spring 2000).

Reconocimientos

"And Are You a Latina Writer?": *The Americas Review,* editor invitado Virgil Suárez, 24.3–4 (Fall/Winter 1996), y *Máscaras,* editado por Lucha Corpi (Berkeley: Third Woman Press, 1997). Reimpreso con permiso de Arte Público Press, University of Houston.

"Claims": *Prairie Schooner* 59.1 (Spring 1985). Reimpreso con permiso de University of Nebraska Press.

"And May He Be Bilingual": *Women/Writing/Teaching,* editado por Jan Zlotnik Schmidt (Albany State University of New York Press, 1998). Derechos de autor State Unversity of New York Press, 1998.

"Latin Women Pray": *New Mexico Humanities Review* 4.1 (1981). Reimpreso en *Reaching for the Mainland and Selected Poems* by Judith Ortiz Cofer (Tempe, Ariz.: Bilingual Press, 1995). Reimpreso con permiso de Bilingual Press.

"To Understand *El Azul*": *Columns* August 30, 1999.

Deseo agradecer a Karen Orchard por su interés en este libro desde su concepción hasta su producción y a mi maravillosa editora, Courtney Denney, por todas las horas que le dedicó al proyecto; gracias también a Brad Edwards y a Dan Shaw por su cuidadosa lectura del manuscrito, y a los otros amigos cuyos comentarios me ayudaron a darle forma a este libro.

Mil gracias a mi compañera Elena Olazagasti-Segovia por el regalo que nuevamente nos da a mí y a mis lectores al transformar mi trabajo por medio de su puertorriqueño con cariño. Mi gratitud también a Nicole Mitchell y al personal de la University of Georgia Press por tener fe en que le ha llegado el momento a la lengua española en nuestro estado.

Mujer frente al sol

Mi Rosetta

La hermana Rosetta entró en mi vida en 1966, justamente en el momento más oportuno. Yo tenía catorce años, mis huesos empezaban a estirarse después del largo sueño de la niñez y el país entero parecía despertar al mismo tiempo. Cada día el radio transistor que llevaba conmigo a todas partes me informaba de que las calles bullían de rebelión. El rock llenaba las ondas con latidos como los que da el corazón cuando eres joven y todavía le escuchas —sonidos que me daban ganas de bailar, gritar, desprenderme del capullo de mariposa del apartamento de mis padres, desarrollar alas y escapar volando de mi vida previsible y (lo que más me atemorizaba) de un futuro predecible como una buena católica del barrio. Por el contrario, me apuntaron para las clases de confirmación en la Iglesia católica, preparación espiritual para la bofetada simbólica del obispo: vuelve la otra mejilla, niña, ahora eres uno de nosotros, los humildes seguidores de Cristo. Pero mi maestra en el camino de la humildad cristiana, la hermana Rosetta, en nada se parecía a la dócil esposa de Jesús que yo esperaba.

No era una mujer atractiva. Su cara, aunque tenía el brillo del ingenio, le iba mejor a un chico irlandés con un trabajo duro, quizás a un capataz de la construcción o a un policía. Si una toca de monja no hubiera enmarcado esas facciones —nariz levemente bulbosa, mejillas regordetas cubiertas de venitas rojas y ojos muy pegados—, ésta podía haber sido la cara de un borracho o de un obrero. Caminaba sin gracia pero con un paso seguro que podíamos oír cuando se acercaba por el piso de madera del sótano de la iglesia en Paterson, New Jersey, donde se daban las lecciones fuera del horario regular en las frías tardes de invierno. Su rosario se balanceaba de un lado para otro de la falda del hábito, cuando ella se precipitaba al entrar y dejaba caer sobre el escritorio lo que llevara en sus manos ese día. Entonces se encaramaba en el escritorio y nos miraba, con las manos puestas en las caderas como si dijera: «Que mierda de trabajo es éste».

Y lo era. Era de todos conocido que la Madre Superiora le había asignado a la hermana Rosetta todo el trabajo rutinario del convento para mantenerla ocupada y que no se metiera en problemas. Corría un rumor entre los estudiantes de la escuela pública de que la hermana Rosetta había sido arrestada por participar en una manifestación a favor de los derechos civiles. También se decía que se le había enviado a nuestra parroquia mayormente compuesta por puertorriqueños para que el padre Jones, nuestro santo pastor misionero, pudiera mantenerla bajo su tutela. Nos parecía gracioso pensar que el padre tímido y delgado tuviera que hacerle frente a la hermana Rosetta.

—Bien, mis pequeños buñuelos —nos saludaba la hermana Rosetta, entrecerrando los ojos como el entrenador que se prepara para motivar a su equipo—. Hoy vamos a ponernos en contacto con nuestra alma por medio de la música. Ahora escuchen con atención. Nunca han escuchado nada igual.

Por pura curiosidad al principio, luego casi en éxtasis, aquel día escuché la exótica música de Ravi Shankar proveniente de un viejo tocadiscos que la hermana Rosetta había arrastrado hasta el salón. Las notas celestiales de su cítara me envolvieron en un velo de sonido, conmoviéndome de una forma nueva. La hermana había fijado la cubierta del álbum con una tachuela en el tablón de corcho, y, mientras yo miraba profundamente los ojos de ónix de Shankar, parecía que él me miraba también: en su mirada había respuestas a preguntas que yo estaba a punto de formular.

La hermana Rosetta debió haberse dado cuenta de mi estado de encantamiento porque, mientras yo salía del salón sofocado por la calefacción, me entregó el disco. Lo único que dijo fue: —Tráelo mañana sin un rayazo—. Para gran disgusto de mi madre, toqué la música de Shankar todos los días después de clase en mi cuarto mientras hacía la tarea. Ella la llamaba «los gatos peleando»; pero para mí, aquellas notas agudas que se prolongaban eran un reloj despertador que me sacaba de mí misma, de la ignorancia, y me llevaba hacia el reino de los sentidos. Al cumplir los trece, había recibido mi propio tocadiscos y un álbum de boleros puertorriqueños de Felipe Rodríguez, las baladas románticas a cuyo son mis padres bailaban en las fiestas. Tocaba el disco de vez en cuando para darles gusto, pero los lamentos guturales de Rodríguez, que hablaban de amores perdidos y mujeres débiles que lloraban, no me atraían. Me gustaban las imágenes saltarinas y acrobáticas que la música de Shankar provocaba, que reemplazaban mis sueños infantiles de volar.

Haciéndolo pasar por enseñanzas de la doctrina católica, la

hermana Rosetta se las arregló para que sus grupos siguieran un programa de estudios ecléctico que incluía música folclórica, filosofía oriental, música clásica, baile y yoga, obras maestras de la literatura mundial y cultura popular. Yo observaba asombrada cómo esta mujer rolliza y simple se transformaba en la persona más atractiva que yo conocía cada vez que hablaba con elocuencia apasionada sobre cosas que el resto de los adultos desconocía o despreciaba.

Un día yo estaba leyendo un libro que había recogido en un asiento de un restaurante. Estaba muy gastado, tenía la cubierta rasgada como si alguien hubiera querido esconder lo que leía, y lo había metido en el bolsillo de mi abrigo antes de que mis padres lo descubrieran. La palabra «lujuria», que aparecía varias veces en las notas publicitarias de la contraportada del libro, me había llevado a leer el primer capítulo. Entonces la historia me atrapó en su red sensacional: el sexo y el pecado se describían con detalles clínicos, en oraciones y párrafos igualitos a los de mis libros de textos; personajes que usaban drogas por placer; mujeres que adquirían poder por medio de la seducción.

Éste era todo un mundo al cual sólo me había asomado en avances de películas cuando mi padre nos llevaba a mi madre y a mí al cine que presentaba películas en español durante las horas lentas de las tardes dominicales. Yo anticipaba esos pequeños trozos prohibidos que aun en su brevedad eran más reveladores que las películas mexicanas y argentinas que veíamos, películas con temas previsibles por el estilo de la Cenicienta, chicas pobres pero talentosas (y, lo más importante, virtuosas) rescatadas de la pobreza o del peligro de caer en una vida de pecado, por hombres ricos y guapos —después, desde luego, de que su amor hubiera superado muchos obstáculos. Los personajes casi siempre eran excelentes bailarines y cantantes, y un conjunto de mariachis solía salir de las bambalinas para darles una serenata a los enamorados en el momento oportuno. Mis padres se tomaban de la mano durante la doble tanda, arrobados en su escape a la fantasía. *Más vale que tomes lo que puedas,* me decía a mí misma conforme comía las palomitas de maíz, a todas estas mientras componía en mi mente mis propias versiones de las películas que no podría ver.

El libro que tenía en las manos aquel día en el salón de la hermana Rosetta, adonde había llegado temprano para leer en secreto y a solas, me había llevado a un mundo oscuro y fascinante. Aquí se describían actos prohibidos en prosa corriente, sin que se encontraran entre líneas sermones sobre infiernos con ríos de sangre hirviente que aguardaban a los pecadores.

Aquí había libertinaje desinfectado. Aquí había un mundo en el cual las drogas, el sexo y la moda eran pasatiempos costosos. Yo sabía de la adicción a las drogas por las noticias y por el chismorreo del vecindario, pero la gente que salía allí era pobre y sucia o exótica: hippies, gitanos, moradores del ghetto y fugitivos, la gente perdida de nuestro barrio, los drogadictos de quienes nuestros padres nos advertían a menudo. Pero en este libro el uso de drogas era emocionante y seductor. La ropa de las mujeres se describía con tanta intensidad de detalles como el ímpetu que les daban las píldoras y el sexo diverso.

Transportada fuera de mi cuerpo por la lectura, no oí entrar a la hermana Rosetta. Me arrancó el libro de las manos y, para mi consternación, empezó a leer en voz alta. En su tono directo, con ese acento de New Jersey, la escena de droga y seducción sonaba absurda.

Cuando la hermana Rosetta tiró el libro sobre mi escritorio mantuve la mirada baja avergonzada. Después de unos momentos, sin embargo, su silencio me llevó a levantar la mirada, esperando un estallido de regaños. En su lugar vi que la hermana Rosetta estaba haciendo un gran esfuerzo por no reírse a carcajadas.

—Muchachita —dijo, todavía riéndose mientras se dirigía

a cerrar la puerta (todavía faltaban diez minutos para que empezara la clase)—, ¿por qué lees esta basura?

No esperó una respuesta. —Porque está disponible, ¿verdad? Y en cuanto a basura se refiere, ésta es bastante interesante. —Soltó su característico silbido para indicar que estaba impresionada. —Dime, ¿leer esto te hace sentir bien, o es sólo que te llama la atención?

Aunque la pregunta me dejó perpleja, me sentía agradecida de que no me hubiera regañado y traté de pensar en una respuesta. Sí, me sentía excitada por las cosas descritas en el libro, desde luego, pero no podía confesar estos sentimientos a la hermana Rosetta ni a nadie, en realidad. Hacía varias semanas que no me confesaba porque no tenía el valor de contarle al sacerdote mis malos pensamientos. Todos los días corría el riesgo de morir sin los sacramentos, con mi alma ennegrecida por el pecado mortal.

—Disfruto de leer este libro, hermana.

—Puedo ver por qué. Quieres conocer cosas que ni tus padres ni yo te enseñaremos, y este libro te las cuenta, ¡con lujo de detalles! —Volvió a reírse. Entonces se sentó sobre su escritorio y me miró fijamente a los ojos. —Mi amor, veo que tienes una mente hambrienta. No la alimentes con basura.

¿Quieres leer sobre sexo? Es el tema favorito de la humanidad, desde la Biblia hasta *Fanny Hill*. La gente no puede dejar de escribir sobre esto. La próxima vez que vengas te tendré unos cuantos libros buenos donde encontrarás sexo en abundancia. Pero estos libros no fueron escritos por ninguna chica deslumbrante para ganar dinero. Son arte.

La cara me ardía. No podía creer que una monja, ni siquiera la radical hermana Rosetta, estuviera hablando de sexo tan abiertamente y ofreciéndome libros sobre el tema. Por un minuto pensé que me estaba poniendo a prueba, esperando que me disculpara y que hiciera penitencia. Pero los estudiantes ya se estaban arremolinando afuera y la hermana Rosetta sólo dijo: «Me quedo con esto», metiendo el libro bien adentro de uno los bolsillos sin fondo de su hábito.

A la semana siguiente, me entregó una bolsa de papel que contenía *Women in Love, Madame Bovary* y *Wuthering Heights*. Eran ejemplares de la biblioteca pública; ¡de hecho, ella había sacado dos libros que yo creía que podían estar en la lista de libros prohibidos de la Iglesia! Todo lo que dijo fue: «Asegúrate de devolverlos el día que venza el plazo».

Desde luego que regresé a casa y me perdí en ellos. D. H. Lawrence me atraía más que los otros, con su imprudente inmersión en el lenguaje. Flaubert era demasiado cuidadoso y preciso para mi gusto. (Todavía no sospechaba que había empezado a leer una página por el efecto que las palabras tenían en mí más que por las partes jugosas.) Pero en realidad fue la tormenta que se encrespaba en Heathcliff lo que transportó mi imaginación a lugares que todavía no era capaz de identificar del todo.

La hermana Rosetta continuó alimentándome de libros, sin consultarme sobre lo que quería ni preguntarme sobre sus importantes efectos. Bajo su tutela, leí a Hawthorne, a Poe, *La Odisea,* los cuentos de Katherine Anne Porter, a Dante, los poetas románticos, hasta a James Joyce (cuyo *Ulises* era totalmente impenetrable, así que me di por vencida). Y allí siempre estaba D. H. Lawrence, mi hombre oscuro y misterioso, y las Brontës, quienes, al igual que yo, vivían en el pequeño planeta de la ceremonia y me hablaban sobre los límites y cómo una mujer inteligente podía escaparse por medio del arte. Todas las palabras que yo aún no poseía eran la fuente de mi secreto tormento y gozo. La lista de lecturas de la hermana Rosetta no tenía orden evidente, pero todo tuvo sentido dentro de mí. Mi vocabulario creció, mi inglés mejoró, mi agitación se duplicó.

De estos libros aprendí sobre el deseo y la pasión, pero también aprendí a *pensar* en emociones fuertes. En la escuela primaria, una vez había leído un cuento sobre un niño que quería tener músculos. Un anciano le promete enseñarle a desarrollar su cuerpo a cambio de que lo ayude con sus labores y mandados. Día tras día el niño corta madera, pasa el rastrillo en el jardín, pinta la casa y realiza infinitas tareas físicas para su mentor.

Por fin, muchas semanas después, el niño se le acerca al anciano para que éste cumpla su parte del trato.

—Es la hora —le dice el chico—. He hecho todo lo que me ha pedido que hiciera: ahora enséñeme a desarrollar músculos.

En lugar de responder, el anciano lo lleva frente a un espejo.

—Dobla el brazo —le dice. Y para asombro del chico, hay músculos en el brazo.

Yo también me estaba fortaleciendo sin darme cuenta. Había empezado a desarrollar el ojo interior que necesitaba para ver realmente mi vida en el barrio y trascenderla para ver lo que quería de la vida. ¿Por qué las mujeres que me rodeaban se quejaban de la vida de soledad y servidumbre que llevaban pero no hacían nada al respecto? La única respuesta que me daban era: «Así es la vida, Niña». Pero ¿por qué no podía yo entrar en la iglesia con la cabeza descubierta como lo hacían los hombres? ¿Por qué tenía que anunciar mi estado sexual por el color de la mantilla que debía llevar: blanca para las señoritas y negras para las mujeres casadas? Me parecía una costumbre tonta. ¿Le importa a Dios de veras una tontería como ésta, o era simplemente otra prerrogativa de los varones poder identificar qué mujeres todavía estaban disponibles y quiénes ya eran la propiedad de otro? Cuando preguntaba, sin embargo, me decían que mi pregunta era impertinente, que era una malcriada, una vergüenza para mis padres. Ésta era una palabra que siempre se pronunciaba con una especie de silbido enojado durante las discusiones familiares, una palabra que implicaba que yo arriesgaba más de lo que podía comprender.

Pero había demasiadas reglas ilógicas, especialmente para las chicas y las mujeres, que nuestras madres simplemente seguían y les enseñaban a las hijas: no interrumpir ni meterse en la conversación de los hombres; servirles la comida a los hombres primero; y, lo que más me enfurecía, el que todos los chicos (incluyendo a mi hermano) necesitaban estar afuera más y más según se iban haciendo mayores para poder «experimentar» el mundo. Las niñas, en cambio, tenían que quedarse en casa más con cada año que pasaba porque el mundo se hacía más peligroso para una hembra conforme maduraba.

A medida que las paredes de nuestro apartamento parecía

que se me venían encima, me propuse liberarme de lo que consideraba un ciclo sofocante de aceptación y adhesión a la tradición. En mi enojo de adolescente no fui capaz de ver que mi fantasía de huir de todo lo que representaban mi familia y los vecinos en gran parte era una etapa normal de rebelión en el escenario especial del barrio. Había tanto allí que ya amaba: el sentido de seguridad que les daba a mis padres, la familiaridad que era un oasis en la lucha siempre que regresaban de la cultura ajena de la ciudad estadounidense a esta isla hispanohablante donde los favores eran la moneda más valiosa y las reglas del juego eran conocidas. Hoy por ti, mañana por mí; mi casa es su casa, y, recuerda, compadre/comadre, cuando se está lejos de la patria, todos somos compañeros. ¿Verdad? Pero aun así yo me daba cuenta de que esto implicaba que la realidad quedaba en suspenso. Para representar la fantasía del barrio como isla todos tenían que estar de acuerdo en no poner en tela de juicio las reglas.

Mi rebelión empezó en esta delicada coyuntura: yo quería, necesitaba, aprender a ver las cosas por lo que eran antes de poder entender quién era yo en mi complejo mundo doble de la escuela y la casa. La imagen de mí misma que tenía en la mente estaba dividida: me alineaba con Joan Baez cuando me

sentía lírica y con Angela Davis cuando la superioridad moral
de mi lucha por autonomía me hacía bullir de furia. Quería liberarme, pero primero tenía que tener las herramientas ade-
cuadas y el mapa para mi gran huida. Rosetta me enseñó a
encontrarlos.

Una semana antes de que el obispo llegara a nuestra iglesia
para la misa de confirmación, la hermana Rosetta irrumpió en
nuestro salón de clases con las faldas del hábito levantadas y su-
jetas con inmensos imperdibles, desplegando ante nuestros
atónitos ojos las musculares pantorrillas enfundadas en gruesos
calcetines de algodón blanco. Siempre había llevado las mangas
del voluminoso hábito enrolladas hasta los codos, pero esta
nueva alteración de la vestimenta medieval tradicional de las
Hermanas de la Caridad la hacía parecer un espectáculo es-
candaloso. Yo nunca le había visto los tobillos a una monja, ni
hablar de las piernas. Sin referirse a su extraña apariencia, enseñó la clase del día —una lección extraña, si es que nos estaban programando para la humildad. Habló de la «rabia» de
Cristo ante los mercaderes en el templo, de cómo Él se había re-
belado contra una práctica malvada aunque había sido aceptada
como una tradición en Su tiempo. Según absorbía cada palabra
de la hermana, añadiendo otras a mi vocabulario de rebelión,

sentí que el pecho se me llenaba con el aliento de Juana de Arco al dirigir a sus soldados a una batalla sagrada. Rebelión.

—¿Que es una tradición? —nos desafió, enfrentándose a nosotros en su posición militar de descanso, los ojos convertidos en dos rayitas.

Después de un largo silencio, levanté la mano. —La tradición es algo que se ha hecho siempre, —dije.

—¿Cómo qué, Judith? —Con las cejas arqueadas casi hasta la toca, la hermana Rosetta me empujaba para que declarara mi posición.

—¿Como llevar sólo cierto tipo de ropa? —me atreví a decir cautelosamente.

Ella me sonrió con ironía, entrecerrando el ceño. —Eso es casi correcto. Tradición es hacer algo porque es lo que siempre se ha hecho. A veces esto es bueno. Mantiene la cultura, nos ofrece formas probadas de hacer las cosas. Pero ¿es bueno siempre hacer algo de una forma en particular sólo porque siempre se ha hecho así?— No esperó una respuesta esta vez. —¡No! La esclavitud duró siglos; ¿debíamos mantener ese sistema? La guillotina es una tradición extraña. ¿Y el trabajo de menores?

Ese día su oratoria alcanzó toda su magnitud. Nos mirábamos asombrados mientras la hermana Rosetta enumeraba los horrores que en alguna ocasión habían sido defendidos como tradición. Prejuicio, crueldad hacia los otros, guerras contra enemigos «tradicionales» —fue una revelación para mí pensar desde esta nueva perspectiva, el principio de la esperanza de un argumento contra las costumbres de mis padres. La furia verbal de la hermana Rosetta encendió el pensamiento en mi mente de que era posible liberarse de un ciclo. Empecé a entender el poder especial de las palabras, el entusiasmo que una imagen puede generar.

Sin aliento y con la cara enrojecida, la hermana Rosetta concluyó la clase de ese día con una lectura del texto *Civil Disobedience* de Thoreau. Envalentonada, levanté la mano otra vez. —¿Se usa a veces la idea de la tradición como una excusa para no cambiar las cosas que hay que cambiar?— Su cara se relajó, no tanto como en una sonrisa sino en algo mejor. Lo que había dicho no era producto de mi propio pensamiento. Tenía buena memoria para las citas aun entonces, una destreza que luego me fue útil para pronunciar apasionados discursos ante mis desconcertados parientes y mientras era la única latina que estudiaba inglés en la universidad y quería impresionar a mis profesores. Pero a los líderes les gusta que los citen, y la hermana Rosetta me «distinguió» por ser diferente entre el abigarrado conjunto de su público cautivo.

El discurso de la hermana Rosetta había sido un ensayo de una campaña que había planeado iniciar durante la visita del obispo a nuestra parroquia. Al parecer, ella se había estado carteando con otras monjas progresistas por todo el país. Habían empezado una petición para modificar la vestimenta tradicional de las monjas con el propósito de que la organización de las Hermanas de la Caridad ingresara en el siglo veinte liberándose las extremidades de los primitivos grilletes de tela y las cruces pesadas, al mismo tiempo que las otras mujeres liberaban su cuerpo del arnés moderno de sujetadores y fajas (por lo menos aquellas que todavía no llegaban a los temibles treinta). Yo apoyaba a la hermana Rosetta ciento por ciento. El último día de clases, trajo una caja con etiquetas que decían «Hola. Me llamo...» que tenían escritas las palabras «¡Vota azul!» con rotulador azul. Nos pidió que nos las pegáramos en la túnica el día de nuestra confirmación. En realidad, sólo unos pocos de nosotros lo hicimos porque la mayor parte de los estudiantes en mi clase pensó que esta vez la hermana Rosetta había ido demasiado lejos y que la visita del obispo no era el momento adecuado para hacer política.

El día de la confirmación, con orgullo lucí la etiqueta «¡Vota azul!» sobre el corazón, prendida con un alfiler a mi uniforme rojo y blanco de miembro del coro. ¿Fue mi imaginación o fue que los duros ojos del obispo se posaron en el mensaje justo antes de darme la ceremonial bofetada? Todavía me ardía la mejilla cuando mi madre se me acercó a darme un beso. Las lágrimas corrían por sus mejillas y por las mías, pero por diferentes razones.

La campaña de la hermana Rosetta había tenido éxito, puesto que había ambiente de reforma —«los tiempos estaban cambiando» hasta en la Iglesia. La caravana de carros que ella dirigió adonde fuera que iban a votar las monjas regresó tocando la bocina en señal de victoria, y aunque muchas de las monjas mayores decidieron mantener el hábito abultado y peligroso, las Hermanas de la Caridad más jóvenes, las fuertes, las recientes, caminaban con una nueva libertad vistiendo ropa razonablemente ligera, de color azul pizarra que no venía en el patrón de la misma talla para todas como había sido el caso en el pasado.

Sin duda, ése fue un triunfo memorable para la hermana Rosetta. Aunque ella nunca lo sepa, me considero otro de sus triunfos. Lo que recuerdo del año que pasé bajo la tutela de esta admirable mujer es que me enseñó a ver con todo mi ser, no sólo con los ojos. Gracias a ella aprendí que el poder del conocimiento reside en buscar la respuesta a la pregunta que siempre puedo hacer del pasado, del presente y del futuro: ¿por qué? Aún ahora puedo recordar aquel verano, evocar casi cualquier recuerdo a todo color y en sonido estereofónico, gracias al adiestramiento que la hermana Rosetta le dio a mi mente y la educación que les dio a mis sentidos. Sus seminarios de concienciación eran el objeto de las burlas de las otras monjas y de la mofa de sus estudiantes más conservadores, pero a mí me dieron la primera herramienta esencial para ser escritora: la capacidad de absorber detalles sensoriales del penetrante aroma de la vida, el canto de sirena de la religión, el dulce regusto de la victoria ganada a pulso. Aprendí a volver a experimentarlo todo en mi mente y luego en la página cuando quisiera. Esos meses fueron el comienzo de mi largo idilio con la palabra, o debo decir ¿mi compromiso de toda la vida? El seductor poder del lenguaje llegó a mi vida cuando más lo necesitaba de la mano de la más inesperada y admirable de mis mentoras, mi hermana radical, mi Rosetta.

Una plegaria, una vela y un cuaderno

Una plegaria infantil

En los tempranos días de mis años en español
me pusieron bajo el cuidado
de El Ángel de la Guarda,
mi ángel guardián, el centinela militar
que requería un saludo nocturno, una súplica
de rodillas para que me protegiera
de los peligros escondidos en los sueños
y de los demonios que merodeaban por las noches.

En la lámina enmarcada que colgaba sobre mi cama
se le representaba emplumado y andrógino,
rondando sobre dos niños descalzos
cuyas facciones estaban plasmadas en inocencia color pastel—
cruzando un puente de madera derruido
bajo el cual bostezaba un abismo de azufre—

la única luz provenía
del resplandor de esta presencia alada
que les era invisible.

Yo no podía encontrar consuelo en este oscuro
mito infantil, cuando algunas noches
permanecía despierta escuchando el murmullo
de sus voces mientras compartían
sus sueños de escapar
en una cocina bien iluminada, mientras yo reflexionaba
sobre la cruel indiferencia de los adultos
que abandonaban niños a la noche,

y sobre ese Comandante en el cielo
que sabía todo lo que yo hacía, o pensaba hacer,
cuyo sirviente podía sonreír tan tranquilamente
mientras niños inocentes cruzaban por la oscuridad,
solos, atemorizados, noche tras noche.

Dos veces al mes hablo por teléfono con mi madre, quien vive en Puerto Rico. Hoy, después de nuestro acostumbrado intercambio de noticias sobre gente de la Isla que apenas recuerdo y gente en mi vida que ella nunca ha conocido, trato de concentrarme en escribir en mi cuaderno. Sin embargo, el español ha entrado en mi cerebro, desatando recuerdos, haciéndome viajar de vuelta a mi niñez en New Jersey y a nuestros primeros años en este país. Cojo mi cuaderno de la cómoda y me acomodo en el sofá junto a mis textos y papeles, que representan mi vida real ahora de profesora de inglés en una universidad sureña. Protegida por la distancia del mundo caótico en el cual crecí —y Tennessee Williams tenía razón cuando dijo que «el tiempo es la distancia más larga»— ahora tengo suficiente espacio entre mis yos para proseguir con mi investigación. Y es que por eso escribo. Escribo para conocerme mejor, y es un trabajo que habrá de mantenerme ocupada de por vida.

Llevar cuentas de mis pensamientos en un diario es un hábito que adquirí en mi adolescencia cuando experimentaba los conflictos y la soledad de la vida de una puertorriqueña inmigrante en los años sesenta. Ahora a mis cuarenta y pico, escribir un párrafo o dos cada día se ha convertido en una rutina tan indispensable como lo son una plegaria diaria y velas semanales para mi madre. La mayor parte de las noches antes de acostarme, saco mi sencillo cuaderno escolar y escribo unas cuantas líneas. Cada mañana, al amanecer, escribo poemas o empiezo cuentos que mis recuerdos han filtrado a través de mis sueños. Sin embargo, no se trata meramente de anotar las actividades mundanas de cada día en mi diario o en mis escritos, sino de tratar de capturar con claridad y brevedad lo que las últimas veinticuatro horas me han enseñado, si es que me han enseñado algo. A veces, mientras escribo, mis dedos dejan de estar conectados a mi mente consciente y, en su lugar, se convierten en instrumentos de revelaciones de mis recuerdos y pensamientos más dolorosos. Esta noche, tal vez porque la voz de mi madre por teléfono ha hecho que una ola de nostalgia pase sobre mí depositando tesoros y escombros del pasado en mi falda, escribo sobre mi padre.

Cuando mi padre falleció se quedaron muchas cosas sin decir entre nosotros. Hasta que falleció en un accidente automovilístico cuando yo estaba en primer año de escuela para graduados, él dirigía mis metas a través de sus propios sueños frustrados. Era un intelectual que no había ido a la universidad, un soñador sin esperanza, un artista sin medio. Así que yo fui a la universidad. Me hice maestra y luego escritora. Tenía que terminar lo que él ni siquiera había comenzado a la hora de su muerte. Mi madre no podía soportar la vida en los Estados Unidos sin él de intérprete y compañero, así que regresó a su casa en la Isla. Logró lo que siempre había querido, pero no de la forma en que lo quería. Quería regresar a la Isla; lo consiguió, pero sin él. Yo me quedé con mis libros, mis recuerdos.

El conocimiento era toda la riqueza y el poder que mi padre quería. Su único lujo era nuestra educación, la de mi hermano y la mía. Invirtió en nosotros. Nos compró libros y pagó nuestra matrícula en escuelas privadas católicas cuando no podía comprar una casa. El tiempo que pasábamos juntos era muy valioso y escaso debido a que su trabajo con la Marina lo mantenía lejos de casa cuando yo estaba despierta y a veces estaba navegando durante meses. Nuestras conversaciones tenían que encontrar un espacio en la poco frecuente tarde de domingo cuando él se encontraba en casa —horas por las que mi madre también competía.

Llevábamos una vida solitaria, y yo nunca comprendí del todo por qué mis padres escogieron vivir en un limbo social. Al colocar como piezas del rompecabezas en mis cuadernos lo que mi madre me cuenta con más libertad ahora que ha regresado a su Isla, empiezo a comprender que fue mi padre quien escogió vivir en este país, y que ellos verdaderamente no compartían del todo el mismo sueño.

Familia puertorriqueña al fin, éramos exiliados voluntarios, puesto que éramos libres de regresar a nuestra tierra en cualquier momento. Ni siquiera podíamos reclamar necesidad económica porque mi madre tenía un ingreso fijo a través de la Marina que nos mantenía asegurado nuestro nivel social de clase media baja. Lo difícil era que ninguno de nuestros padres se había asimilado realmente a la vida en los Estados Unidos. El lugar que mi padre escogió para establecerse fue Paterson, New Jersey. Sin embargo, no permanecimos por mucho tiempo en la comunidad puertorriqueña que crecía rápidamente; por el contrario, él alquiló un apartamento en un edificio propiedad de un judío, en un barrio de inmigrantes europeos donde éramos una rareza, otra vez forasteros en un escenario extraño. Aunque nunca sufrí el racismo en sus formas más brutales, nuestra exclusión era tan evidente como cuando se hace silencio de pronto porque alguien entra en un cuarto.

Asistí a una escuela con los descendientes esforzados y emprendedores de sobrevivientes de los campos nazis y junto a los niños de inmigrantes irlandeses e italianos. Entre ellos aprendí a concentrarme en una cosa a la vez hasta que la dominara. Los niños que yo conocía no se dedicaban a coquetear y dar vueltas en carro, algo tan típico entre los adolescentes de la clase dominante, sino que su compleja vida familiar y todas las ceremonias de rigor eran el centro de su existencia. Cuando más sentía mi soledad era cuando se abría una puerta y oía el alboroto de la vida compartida con otros bajo el mismo techo, una familia reunida en torno a un televisor, riéndose de un chiste que todos comprendían o discutiendo en un idioma; cuando entrábamos a nuestro callado y ordenado apartamento nos quitábamos el inglés a la puerta como nos quitábamos los zapatos de andar por afuera, puesto que nuestra madre sólo hablaba español y nuestro padre estaba decidido a que no provocáramos quejas de nuestros vecinos.

Mi padre era buen amigo del dueño del edificio, un inmigrante judío. El hombre era de ascendencia mediterránea, y sus rasgos oscuros y su pelo negro y rizado lo hacían parecer más puertorriqueño que mi padre, quien era delgado, de piel clara y presencia elegante. Yo sabía que mi padre se destacaba cuando caminábamos por la calle, donde la población estaba compuesta mayormente de hombres europeos morenos.

Mi madre apenas salía de nuestro apartamento, excepto dos veces al mes cuando mi padre sacaba su Oldsmobile negro del garaje en el centro donde lo guardaba y lo traía al frente del edificio para ir de compras: primero a A & P y luego a las tiendas puertorriqueñas en el barrio donde mi madre compraba los ingredientes que necesitaba para preparar los platos que le gustaba cocinar. La gente en esas bodegas se disparaba el español como si fuera una ametralladora. Hablaban tan rápidamente que yo a duras penas podía comprender lo que estaban diciendo. Y nos miraban a los tres —más vestidos de la cuenta, según sus normas, mi madre con su abrigo de brocado negro y cuello de piel, mi padre con abrigo y corbata o su uniforme de la Marina, y yo casi siempre con falda plisada y una de las blusas blancas que a mi padre le gustaba verme llevar, en mi nítido abrigo de paño de Sears. El atuendo de mi hermano era el equivalente masculino del mío: pantalones oscuros, camisa abotonada. Éramos una familia que se vestía como los modelos de los catálogos de las tiendas que mi padre traía a casa para usarlos de diccionarios y que mi madre estudiaba como si fueran manuales de la vida estadounidense. Sin embargo, a los otros clientes les parecíamos sospechosos. Pequeños bolsillos de silencio se formaban alrededor de nosotros mientras mi madre examinaba las yucas, los plátanos amarillos, los plátanos verdes y otras viandas que necesitaba para sus comidas de la semana.

Yo me fijaba en los huesos angulosos de las mejillas de mi padre y veía que él apretaba fuertemente la quijada. Una expresión de altiva indiferencia se le dibujaba en la cara mientras «escoltaba» a mi madre por todos los pasillos abarrotados de botellas polvorientas y latas que llevaban etiquetas en español. Él mantenía las manos en los bolsillos y la seguía por el lado izquierdo como si la protegiera de peligros escondidos tras los anaqueles. Ella caminaba despacio, recogiendo latas y leyendo etiquetas, tal vez saboreando los olores familiares de su cultura, los sonidos del español descuidado de los clientes y dependientes que se enfrascaban en el juego verbal conocido como el gufeo en el argot del barrio. Es un juego de doble entendidos, juegos de palabras, insultos medio en broma, medio en serio, y respuestas típicas —las acostumbradas conversaciones de puertorriqueños que se encuentran en un territorio conocido. Mi padre no les prestaba atención a las voces fuertes ni a las insinuaciones vulgares y la risa descontrolada que provocaban. Mi madre obviamente lo disfrutaba. Su humor poco común y su necesidad de reír son todavía cualidades que me encantan de ella. En los primeros días, era tímida frente a mi padre y a los desconocidos en el barrio. De vuelta en la Isla, otra vez es rápida con la palabra, la metáfora ocurrente —¿sería ella la verdadera poeta de la familia? Yo iba detrás en la bodega, como en las tiendas estadounidenses, sin comprender del todo hasta mucho más adelante por qué no pertenecíamos a ninguno de los mundos: el mundo callado y limpio de mi padre o los lugares intensos y confusos donde mi madre se veía más a gusto.

En nuestro apartamento, especialmente durante las horas en que mi padre no estaba allí, mi madre seguía ciertos rituales que la ayudaban a pasar el día. Por lo menos dos veces a la semana, caminaba cinco cuadras hasta la iglesia católica más cercana para ir a misa. Yo la acompañaba sólo los domingos. Íbamos a la misa en español que celebraba un sacerdote de China adiestrado para servir de misionero en América Latina y que de alguna forma había ido a parar a Paterson. Decía misa en latín y daba unos apasionados sermones en un castellano con acento chino que a duras penas era comprensible para los puertorriqueños, cuya lengua se parecía a la suya más o menos como el inglés estadounidense se parece al escocés de las montañas. Se necesitaba fe y concentración para recibir la palabra de Dios en el español de nuestro decidido pastor, pero mi madre saboreaba cada palabra. Su educación católica en Puerto Rico había sido transferida intacta a Paterson, donde su aislamiento la había hecho desarrollar los hábitos de las personas religiosas. Añoraba estar con los otros que creían en lo que ella creía para reunirse y celebrar la costumbre. Era el consuelo de lo familiar lo que ella buscaba en la ceremonia religiosa y los rituales piadosos. Los días en que no iba a misa, mi madre prendía velas frente a la popular imagen de la Virgen — la que está pisoteando la serpiente con un delicado pie descalzo.

Las prácticas religiosas de mi madre incluían plegarias especiales dichas los días de los santos, velas todos los sábados por la noche, toda la noche, colocadas en la bañera (una precaución contra el fuego), y rosarios en memoria de parientes muertos de los que llevaba cuenta por cartas y fechas señaladas en el calendario; y, desde luego, ella supervisaba mi educación religiosa ya que las monjas estadounidenses no seguían el atareado calendario que ella tenía. Todas las noches, mientras era yo pequeña, mi madre entraba en mi cuarto a decir la oración al ángel de la guarda conmigo. Todavía recuerdo las palabras: Ángel de la Guarda / dulce compañía / no me desampares / ni de noche ni de día. Entonces me daba un beso y yo inhalaba el aroma del jabón Maja de la piel de su cuello. Era un jabón especial que venía en una caja de tres pastillas, cada una envuelta en un elegante papel que representaba a una hermosa mujer de pelo oscuro, con su vestido español de raso y encaje rojo y negro, elaborada peineta y mantilla en la cabeza y un abanico negro apoyado tímidamente contra su mejilla. Yo guardaba las cajas y el papel y las metía en las gavetas debajo de mi ropa interior para darle a la ropa el aroma sensual que mi madre importaba para sí misma. Incienso y jabón de castilla, esencia de mi madre, aromas de mi niñez.

Sin embargo, aunque el ritual católico llenó los vacíos en su vida de exiliada, no la convirtió en una persona aburrida y previsible. Era más bien una romántica incurable, adicta a las historias de amor. Leía una novela de Corín Tellado a la semana. Yo estaba encargada de comprarlas, a veinticinco centavos cada una, en la única librería de Paterson que las vendía, Schwartz's Soda Fountain and Drugstore. Como administradora y ejecutora de sus necesidades literarias, tenía que aprenderme de memoria las portadas y los títulos para no comprar alguna que ya hubiera leído. Después de terminar con un libro, me lo pasaba, y fue así que aprendí a leer en español. Las palabras que todavía recuerdo, después de todos esos años, son mayormente adjetivos floridos y verbos apasionados utilizados para describir la apariencia de los héroes (la chica siempre era morena y encantadora, los hombres, elegantes y de hablar suave, a menos que fueran los villanos —entonces tenían más variedad y eran más interesantes). Las acciones del protagonista siempre se llevaban a cabo siguiendo la misma fórmula, contada de innumerables maneras. A mi madre le gustaba discutir estos cuentos de amor conmigo y a veces dramatizábamos los personajes, leyendo en voz alta como si estuviéramos actuando en una telenovela. Mi padre no estaba de acuerdo con que yo leyera esa basura. Una vez le oí amenazar con que prohibiría esos libros en la casa.

—Ella es impresionable, querida —dijo en su español perfectamente enunciado. Evitaba usar jerga en ambos idiomas y sonaba como un extranjero cuando hablaba cualquiera de los dos. Su peculiar lentitud al hablar y su insistencia en la claridad de cada palabra lo hacía parecer más cauteloso. —Ahora mismo, ella no está pasando mucho tiempo estudiando. No la distraigas con tus tontas novelas.

—Mis tontas novelas son la única razón de que no me vuelva loca en este lugar, querido. ¿Debo renunciar a ellas también? ¿Debo leer únicamente la Biblia y el libro de oraciones hasta que me vuelva loca? —La voz de mi madre se intensificaba como la de las actrices en las películas mexicanas que le encantaban. Con los ojos cerrados, la visualizaba levantándose de la mesa, parada frente a él, temblando de rabia en contraste perfecto con su actitud exasperantemente tranquila.

—Contrólate, por favor —solía advertirle mi padre en voz baja. Nuestro apartamento era pequeño. Él sabía que yo podía estar escuchando, y sólo cuando estaban discutiendo, yo podía entrever las verdaderas condiciones de nuestra impuesta soledad. Cuando preguntaba directamente por qué habían escogido salir de la Isla o por qué no habían regresado, las respuestas eran siempre previsibles y vagas. «Tenemos una vida mejor aquí». Mi padre declaraba esto con determinación. «No hay nada allí por lo cual regresar». Yo sabía que su padre estaba muerto y que su madre era una nómada perpetua sin hogar permanente, pues unas veces vivía con uno de sus hijos y otras, con otro. En cambio, mi madre recibía cartas de sus muchos parientes en la Isla.

—No, hombre. No me vas a privar de mis libros. No le hacen daño a nuestra hija, y son mi única compañía. —Sus palabras tenía la intención de implicar que ella no tenía por qué estar tan desesperadamente sola.

—Obviamente tú no recuerdas lo que me prometiste. Trata de olvidar tu Isla idealizada. Sólo existe en tus sueños. Sé que te sientes sola aquí, pero no hay lugar para nosotros allá.

Cuando te pedí que vinieras a Paterson conmigo, dijiste que no volverías la vista atrás. ¿Te acuerdas?

—Tenía dieciocho años. ¿Qué sabía yo de la maldita soledad entonces? Mi amor, ¿verdaderamente puede irnos tan mal en nuestro propio país?

—Nuestra vida está aquí. Nuestra familia tiene un futuro aquí. Allí nuestra hija sería como cualquier otra muchacha en espera de casarse. Terminaría de esclava de un hombre ignorante. Y nuestro hijo tendría que alistarse al Ejército o a la Marina como lo hice yo para poder ganarse la vida. Entonces no lo verías tampoco. ¿Es eso lo que quieres para ellos?

—Te equivocas cuando piensas que no hay esperanzas de un futuro en nuestra propia patria. Sólo porque tu padre era un tirano y tu madre una mártir . . .

—Por favor, ten cuidado de no ir tan lejos que no pueda perdonar tus palabras. Habíamos acordado que no mencionarías mi desafortunado pasado familiar en esta casa.

—Ésa es otra promesa que me obligaste a hacer cuando era demasiado joven para comprender. Otras personas tienen tragedias y problemas en sus familias y sin embargo llevan vidas normales.

—Si te refieres a la población del barrio, ellos no llevan vidas normales. Tantos de ellos son como el ganado en un corral, que hacen cosas en grupo porque tienen miedo de aventurarse. Nosotros somos pioneros. Vivimos nuestra vida y les damos a nuestros hijos la mejor oportunidad de una educación. ¿Que no salimos mucho? No lo necesito. Tú, por ser mi esposa, tampoco deberías necesitarlo.

Y así seguían y seguían. Pequeñas pistas para que yo reflexionara: nombres de personas que nunca había conocido y de lugares que nunca había visitado se escapaban en sus discusiones nocturnas intensas pero reprimidas, se habían convertido en un ritual apasionado que evocaba el pasado doloroso y hechizaba nuestra lucha diaria y mi futuro peligroso e insondable. Yo reunía sus murmullos: flores descartadas que mantenía entre las páginas de mi cuaderno, claves de un misterio que esperaba resolver algún día. Escribo sobre tiranos y mártires, y sobre mujeres solitarias que encuentran solaz en los libros. Todas las palabras que les escuché a mis padres intercambiar como pago por la lealtad mutua, como tratados a ser negociados para que sus hijos pudieran tener opciones, todas están todavía conmigo. Los recuerdos surgen en mis poemas y mis cuentos como viajeros en el tiempo que se aparecen de pronto con un mensaje para mí.

Pero primero tengo que abrir la puerta con un ritual.

Termino de corregir los ensayos de mis estudiantes. Lo que todavía no saben de la vida y de la literatura puede llenar volúmenes. Puedo hacer algo para remediar los vacíos. Si están hambrientos de conocimiento, añadiré una gota a sus cubos medio llenos y medio vacíos. ¿Pero cómo podré llenar el mío? Mientras más profundamente miro dentro de mí, descubro que salí del lugar donde se encuentra el pozo de mi familia. Como escritora muchas veces me encuentro en el desconocido territorio de «Yo misma». Busco nuevas tierras que descubrir cada vez que empiezo una nueva oración. No llevo más que una varita de zahorí y mi necesidad de poner orden, de encontrar unas cuantas respuestas. Así que recordando las conversaciones alrededor de la mesa de cocina en mi cuaderno, reinventándolas sobre la marcha, tal vez avanzo a paso de tortuga para llegar a comprender por medio de mis poemas, mis cuentos y mis ensayos.

Hora de descansar. Voy a mi cuarto y abro la gaveta de mi cómoda donde guardo mi cuaderno. Añado varias oraciones. En la misma gaveta guardo velas de diferentes colores. Escojo una verde. Puedo oír a mi madre diciendo «verde esperanza»; ella siempre decía eso cuando escogía una vela verde. Mi vela, comprada en la farmacia, huele a bosque lluvioso tropical, o así lo promete la etiqueta. La coloco frente a la fotografía que saqué de la estatua de La Virgen de la Monserrate, patrona de nuestro pueblo. Por largo rato observo las sombras bailando en silencio solemne en la pared blanca. Me hipnotiza el complejo flujo de llama, sombra y reflejo combinados en una repetición coreografiada de movimiento a intervalos precisos. Mantengo los ojos fijos en el parpadeante espectáculo hasta que caigo profundamente dormida esperando que los sueños y las pesadillas que encerré en mi cuaderno para futura referencia no me molesten. Algunas veces, *la mayor parte* de las veces, permito que una plegaria o un poema flote hacia mí como el humito suavemente perfumado de una vela.

El regalo de un cuento

Ésta es la historia de un cuento que me hicieron una vez y muchas veces después. Una vez y dos son tres. Yo tenía trece años. Era el año en que empecé a sentirme como una Cenicienta a quien nadie le hacía caso, incluidas las hadas madrinas que en mi fantasía debían traerme una vida nueva y emocionante con el toque de una varita mágica. Había leído todos los cuentos que había en la Biblioteca Pública de Paterson en los que la virtud se recompensaba con la mano de un príncipe azul y estaba preparada para que algo milagroso me ocurriera: ropa hermosa, una invitación a una gran fiesta, el amor. Desafortunadamente, los príncipes escaseaban en mi vida, y yo no era exactamente lo que se llama la chica más popular de una escuela dominada socialmente por princesas descendientes de italianos y de irlandeses. Por otro lado, ese año atravesaba la más severa crisis de identidad de toda mi vida: además de ser extremadamente delgada —«saco de huesos» era mi sobrenombre en el barrio— era la recién llegada a la escuela secundaria católica donde me habían matriculado ese otoño, una de dos chicas puertorriqueñas en un mundo social pequeño, mayormente homogéneo, y me acababan de recetar espejuelos, lentes gruesos enmarcados en una resistente montura negra. Después de llevarlos por unas cuantas semanas, me dejaron un surco casi permanente en la nariz. Trataba de compensar mis deficiencias físicas leyendo mucho y siendo una chica ingeniosa. Esto funcionaba bien dentro de mi locuaz familia pero no en la escuela, entre mis compañeros, quienes no valoraban la elocuencia en las chicas —por lo menos, no más que un cuerpo bien desarrollado y un estado social prominente.

Esa Navidad, el cuentista de nuestra familia entró en mi vida. El hermano menor de mi madre, quien vivía en Nueva York, era la oveja negra de la familia, con una estela de cuentos familiares sobre sus viajes, desdichas y aventuras con mujeres —todo lo cual lo hacía muy atractivo a mis ojos. Su llegada llenó la casa de nuevas conversaciones, viejos cuentos y música. A Tío le gustaba hacer cuentos y también le gustaba tocar sus discos de larga duración. Mi madre y él bailaban merengues acabaditos de llegar de la Isla —que él parecía poder adquirir antes que nadie y que llevaba consigo envueltos en capas de papel de periódico como si fueran valioso cristal. Él era el espíritu de la Navidad en nuestra casa, con cierto toquecito de Dionisio. Tío también disfrutaba del ron puertorriqueño, así que sus visitas duraban lo que duraban las festividades porque sus hábitos de solterón eventualmente acababan con la paciencia de mi madre.

Tío debió haberse dado cuenta de mi soledad aquel año porque se dedicó a pasar mucho tiempo conmigo la semana antes de la Navidad. Salíamos a pasear por la ciudad gris, ahora engalanada con luces y adornos como una mujer emperifollada, y comíamos pizza en el centro. Me preguntó por mi vida social, y le confesé que mi príncipe todavía no había aparecido en nuestra cuadra, así que no tenía ninguno.

—¿Acaso necesitas un príncipe para divertirte? —me preguntó mi tío, burlándose de mi selección de palabras. Él no era como los otros adultos; él parecía escuchar de veras. Más adelante entendí que así fue que aprendió a contar cuentos. Me dijo que yo había heredado el don del cuento de él y de mi abuela. Y como él no se parecía a mis otros parientes cariñosos, que vertían miel en nosotros los niños a diestra y siniestra, sin moderación (ni honradez, pensé), le creí. Yo sabía contar un buen cuento. Mi madre me había advertido que el encanto de mi Tío, su habilidad para halagar y persuadir, era lo que lo había metido en líos. Yo también quería ese poder para mí misma. La seducción y el poder de las palabras me atraían.

Su atractivo tenía poco que ver con belleza física: era bajito, enjuto, con facciones de indio taíno. Pero era generoso hasta la imprudencia, completamente dadivoso. Nuestra familia le tenía terror a su imprudencia, pero también lo adoraba por todos los sacrificios que había hecho por nosotros, las buenas obras de las que había oído hablar, junto a los cuentos picantes y los chismes que corrían acerca de su compleja vida amorosa.

—Supongo que estaba pensando en Cenicienta. —No quería que Tío pensara que todavía era una niña, pero también quería que me entendiera como nadie más podía. Quería magia en mi vida. Tambaleándome entre una niñez protegida y las ansias de una adolescencia que se aproximaba, mis sueños estaban completamente enredados con fantasías de cuentos de hadas. El príncipe era el premio que había aprendido a desear de lo que escuchaba y veía a mi alrededor.

—La Cenicienta. Esa chica verdaderamente ha armado líos para los hombres —dijo Tío riéndose.

Estábamos frente a la farmacia donde mi madre compraba

sus novelas de Corín Tellado a veinticinco centavos —que yo también leía con avidez. Mi tío me tomó de la mano y me guió dentro de la tienda. El anaquel donde estaban las novelas en español era un árbol de Navidad hecho de historias de amor. En cada portada aparecían parejas que se besaban apasionadamente.

—¿Ves lo que leen las mujeres? —Mi tío le dio vuelta al anaquel haciéndolo girar y girar, creando la ilusión de que era una película de abrazos y frases como «la pasión», «corazón y alma», «besos» y la cantaleta de «el amor, el amor, el amor».

—Mami las lee —confesé— y a veces yo también.

—Todos son cuentos de Cenicienta. Absolutamente todos. —Tío le dio otra vuelta al anaquel—. La trama siempre es la misma: chica pobre y desgraciada conoce a hombre rico e inalcanzable. Después de muchas penurias, él descubre que el zapato sólo le servirá a la chica cuya belleza él ni siquiera había visto en realidad porque estaba en harapos. Si es alcohólico, dejará de beber; si es tacaño, se volverá generoso; si es bajito y gordo . . .

—No me digas: ¡se volverá delgado y alto!

—O por lo menos aprenderá a actuar como si fuera absolutamente perfecto.

—¿Y qué hay de malo en eso?

—La vida no es así. —Cuando me dijo que las expectativas de Cenicienta y de sus admiradoras simplemente no correspondían a la vida de los hombres y las mujeres de carne y hueso, ni siquiera cuando estaban enamorados, mi tío se puso serio, algo que no solía sucederle.

Pero no lo escuché. Lo único que sabía era que mi encantador tío despedía un seductor olor a licor y a cigarrillos cuando se inclinaba para darme un beso, y que tenía otros vicios que todavía no sabía nombrar. Pero todo eso lo hacía verse más atractivo para la buena chica católica que esperaba que la vida empezara a ocurrir a su alrededor. Era el hombre misterioso de una de las novelas de mi madre. Me parecía que era muchísimo más interesante que mi padre aburrido y trabajador y que mis otros parientes masculinos. No sabía nada de su batalla de toda una vida contra el alcoholismo, ni del cáncer de garganta que habría de silenciar su voz seductora para siempre no mucho después de llegar a la edad que yo tengo ahora.

Recuerdo ir caminando con él frente a las vidrieras decoradas del centro de Paterson una noche. Mi tío se dedicó a preguntarme si quería esto o aquello para Navidad: ¿una muñeca de Thumbelina como la que yo había deseado desesperadamente el año anterior? No. Había recibido una muñeca plástica de una de mis abuelas en Puerto Rico, y mis padres habían decidido que con eso ya tenía bastante. Tío era el único que comprendía que la muñeca Thumbelina parecía un bebé de carne y hueso. Habíamos entrado en la tienda, y yo la había llevado en brazos. No me la había comprado porque ese año era uno de sus años pobres, cuando estaba buscando trabajo, escondido en un apartamento de un pariente en algún lugar, esperando reunir bastante dinero para regresar a la Isla. Pero este año tenía dinero para regalos, según dijo. ¿Quería alguna prenda? Miramos todas las baratijas brillantes en la vidriera de la joyería. No. ¿Un azabache para llevarlo alrededor del cuello y espantar el mal de ojo? No. Me reí. Yo era demasiado sofisticada entonces para creer una superstición tan tonta.

—Sorpréndeme, Tío.

La semana antes de Nochebuena permanecí cerca de su mágica presencia, absorbiendo su atractivo masculino, observando cómo se suavizaba la cara de las mujeres cuando él posaba sus ojos oscuros en ellas, oliendo su otra vida de peligros cuando me besaba en la mejilla al darme las buenas noches y luego, como gato meloso, salir disparado a merodear por las calles y regresar por la mañana a la cocina de mi madre, donde su rostro revelaba que había estado *haciendo* cosas emocionantes mientras todos los demás sólo soñábamos con ellas.

Mami tenía el ceño fruncido mientras se bebía la primera taza de café, pero luego se reía como una niña cuando Tío nos contaba un chiste nuevo o un cuento que había recogido durante sus andanzas. Yo reunía esos cuentos en mi memoria y los sacaba en las épocas de mayor soledad en mi vida. Me alimentaban y me consolaban como lo habían hecho con mi madre, quien siempre estaba hambrienta de palabras en español durante esos primeros años lejos de la Isla. Yo no tenía idea entonces de que mi tío estaba usando sus cuentos de forma similar: para conseguir que le dieran atención, tiempo, incluso cariño.

—Mira, esto fue lo que pasó —dijo, sentado frente a mi madre en su mesita de formica, mientras los dos fumaban cigarrillos y bebían café—. La niña necesitaba atención, y le di un poquito. Te lo contaré desde el principio para que sepas que no soy el sinvergüenza que tú crees. Ésta es la verdad, la pura verdad.

Esta frase era el chiste de la familia. Cada vez que los hijos de mi abuela empezaban un cuento anunciando que era la verdad y nada más que la verdad, como la anciana siempre lo hacía al iniciar sus cuentos, todos sabíamos que iba a ser uno bueno. Un tremendo cuento. Algo de película.

—¿Y cómo iba yo a saber que era casada? Lo único que sabía era que sus grandes ojos color café, como los de mi sobrina aquí a mi lado, me llamaban desde el otro lado de la pista de baile. «Socorro. Ayuda», me decían, «sálvenme de esta vida solitaria . . . ».

—Tenía ojos muy elocuentes. —Mi madre se permitía hacer algún comentario simulando seriedad.

—¿Qué otra cosa podía hacer sino responder a sus silenciosos gritos de auxilio?

—Si los ojos de alguien piden auxilio, pues tienes que hacer lo que tienes que hacer, hombre. —Mi madre empezaba a desempeñar fácilmente el rol de la actriz que le da pie a un cómico, parte importante en estos espectáculos. Sus chistes y sus cuentos más bien parecían pequeñas obras de teatro improvisadas por personas que se conocían muy bien.

—Hice lo que cualquier hombre con sentimientos hubiera hecho. Bailé unas cuantas piezas con ella. Le compré un trago. Le pregunté si quería que la llevara a su casa. Tú conoces las calles de esta ciudad . . .

—¡Están infestadas de criminales! —sentenció mi madre.

—Exactamente. Bien, ahí fue que ella me dio las gracias diciéndome que su prometido saldría de su trabajo nocturno en cualquier momento. Y . . . bueno, ¿sería él quien se encontraba a la puerta en ese preciso momento? Sí, el prometido estaba a la puerta, y nunca he visto a nadie que se parezca más a King Kong. Hija, estaba cubierto de un pelaje negro de pies a cabeza y era tan enorme que tenía que encogerse para poder entrar por la puerta doble. Menos mal que eso lo detuvo lo suficiente como para poder terminar el baile con la encantadora señorita lo más rápidamente que pude.

—¿Pero cómo te hiciste ese guabucho en la frente, hermano? ¿Te diste un golpe al salir?

—¡Ay, bendito! Esto es un regalito de King Kong. Tú sabes, no había puerta trasera. Y para ser un simio grande, el prometido se movía con rapidez. Lo único que lamento es que desperdició una magnífica botella de Bacardí al usarla de arma en mi cabeza.

—Tal vez no la desperdició del todo —para entonces, mi madre y yo estábamos riéndonos como tontas—. Puede que se te haya filtrado al cerebro por los poros.

Mientras escuchaba a mi madre y a mi tío hablar, veía cómo sus luchas diarias cesaban durante el tiempo que duraba el cuento, cuánto los satisfacía su propio ingenio, su habilidad para reírse de sus desengaños y sus penas, más aún, para transformar cualquier episodio común y corriente en una aventura.

Para la Nochebuena, la familia se reunía en la sala. Mi madre y yo habíamos pulido el piso de linóleo verde hasta que parecía un espejo donde se reflejaban las luces multicolores del árbol de Navidad, que había perfumado nuestro apartamento con aroma de pino. Yo llevaba un vestido de fiesta rojo que mi madre me había permitido escoger de su ropero y un par de sus zapatos de vestir. Pensaba que parecía tener dieciocho años por lo menos. Puse algunos de los discos de pachanga de Tío en nuestro tocadiscos y esperé ansiosamente a que entrara por la puerta con mi regalo. Esperaba que fuera algo de ensueño. Sin duda que sería mágico, lo sabía.

Era ya tarde cuando por fin se apareció con una bolsa marrón llena de regalos y con una rubia oxigenada de su brazo. Después de besar a sus hermanas, saludarme con la mano desde el otro lado del cuarto y desearles a todos Felices Pascuas, él y su acompañante se fueron a otra fiesta. A juzgar por el gesto de mi madre y de mis tías, era obvio que no aprobaban el último capricho de su hermano. Me dolían los pies por llevar tacones, así que dejé de bailar y me puse a leer uno de los libros de mi madre. A eso de la medianoche me dieron mis regalos. Entre ellos había una caja de perfume sin envolver con una tarjeta de mi tío. El perfume era Tabú. La tarjeta decía: «La Cenicienta de nuestra Isla no recibe un príncipe de recompensa. Le dan otro regalo. Le oí contar este cuento una vez a una mujer. Tal vez puedas encontrarlo en la biblioteca o pedirle a Mamá que te lo cuente la próxima vez que vayas a visitarla».

Mi madre pensó que el perfume era muy fuerte para una muchacha de mi edad y no me dejó usarlo. El regalo me había decepcionado, pero de vez en cuando me eché perfume de todos modos. Descubrí que su aroma de flores marchitas provocaba mi imaginación. Cuando lo olía, podía imaginarme que era distinta. Era el tipo de perfume que nadie más me hubiera dado.

No encontré el cuento de La Cenicienta en la Biblioteca Pública de Paterson, ni en ninguna otra colección de libros durante muchos años. Recientemente encontré una antología de cuentos folclóricos de Puerto Rico y allí estaba: La Cenicienta. En La Cenicienta de Puerto Rico, una familia de tres hadas madrinas recompensan a Cenicienta por su espíritu generoso, pero su premio no es la mano de un príncipe. Por el contrario, su recompensa son los diamantes y las perlas que brotan de su boca cada vez que la abre para hablar. Se da cuenta entonces de que puede ser lo suficientemente valiente como para enfrentarse a sus malvadas madrastra y hermanastras, y astuta para desterrarlas de su casa para siempre. Para cuando traduje este cuento folclórico, mi madre me escribió para decirme que mi tío se estaba muriendo de cáncer en la garganta en la Isla, adonde había regresado hacía algunos años. Dijo que casi había perdido la voz pero no su espíritu indómito. Sabía que le quedaba poco tiempo para darnos las palabras que quería que recordáramos. Hizo que mi madre me escribiera y me dijera que había leído mi novela y que quería que supiera que disfrutaba de mis cuentos. Me enviaba su bendición. La recibí como una señal de que había aceptado mi obsequio de palabras.

Mujer frente al sol

A medida que el avión se acerca a la terminal en San Juan, el sol se cuela por las ventanillas y tengo que buscar a ciegas las gafas de sol en el bolso. Se escuchan gritos de «¡Mira, mira!» y conversaciones emocionadas. Inmediatamente puedo sentir la forma extrañamente física en que cambio cuando llego a esta isla. Es un sobresalto en mi pecho, un entusiasmo, un sentimiento de alegre anticipación. Es más o menos como enamorarse o quizás como el comienzo de una fiebre.

Salgo de la cabina a una luz tan intensa que la auxiliar al pie de los escalones se transforma en un bosquejo de una mujer contra el campo blanco de la pista: una figura de sombra —como en el cuadro de Miró *Mujer frente al sol*. Casi instantáneamente mi piel se empapa de sudor; mi cuerpo está tratando desesperadamente de ajustarse al calor y la humedad. Tal vez el sentimiento de entusiasmo es meramente biológico:

mi sistema nervioso autonómico toma el control y alerta a mi corazón de la carga adicional que tendrá que llevar. Lo poco que sé de ciencia me convierte en una viajera incómoda. Me recuerda la época en que era una estudiante sabelotodo durante mi primer año en la universidad. Trataba de explicar el concepto de la evolución a mi madre por teléfono, trataba de convencerla de que la verdad empírica era mejor que la religión. Le dije que el amor y el sexo eran la única manera de conservar las especies. Ella me permitió lucir mi erudición hasta que ya no pudo más, entonces despachó la idea absurda de que el amor estaba regulado por las sustancias químicas de nuestro cerebro. Ella pensaba que Darwin, Freud y cualquiera que fuera tan tonto para tratar de disminuir los milagros del amor y el nacimiento eran obviamente necios. El Destino es el responsable de todo lo que pasa en nuestra vida, tanto lo bueno como lo malo. El Destino y la Providencia eran las musas gemelas de mi madre.

El vertiginoso calor de un verano en Puerto Rico es otro tema que ella se niega a discutir. Es parte de su destino. Hablar sobre esto, pensar en esto, es lo que hace que uno sude copiosamente, según ella. Sospecho que ella sabe un poco acerca de las respuestas fisiológicas, pero como un yogui, ella simplemente prende o apaga sus sistemas según lo desea. Aquí está la evidencia empírica. Su maquillaje nunca se le corre y el mío sí. Ella vive sin aire acondicionado y no se languidece como yo. Y ahora sé que jamás lograré quitarle la fe ciega que la mantiene fresca mientras yo jadeo y pierdo el precioso líquido que mantiene la vida.

Aunque el aeropuerto de San Juan ha sido modernizado en el transcurso de los años que llevo visitando Puerto Rico, todavía conserva su carácter isleño. La música que se escucha por el sistema de sonido definitivamente no es de Muzak. Me encuentro silbando una rumba que reconozco de mi niñez.

Reviso la pantalla y veo que el próximo vuelo a Mayagüez, el aeropuerto más cercano a mi pueblo, sale en dos horas. Me dirijo hacia el puesto de frituras en el primer nivel donde puedo sentarme en el patio abierto, tomar un café con leche fuerte y observar a la gente yendo y viniendo. He escrito muchos poemas y cartas mientras espero el vuelo que me llevará a la casa de mi madre. Como si fuera una droga, aspiro la brisa del océano que sopla de la bahía y el aroma de las frituras que hierven en el aceite de oliva. También está la música penetrante, salsa por los altoparlantes, en innumerables radios colgados sobre cada área de trabajo. Las personas no ajustan el volumen; tratan de hacer lo que tienen que hacer por encima de él.

Leí en alguna parte que el amor a la patria es una parte intrínseca de la psiquis puertorriqueña, muy conectada a la identidad, y que por eso ha sido imposible americanizar completamente a la isla en el transcurso de los años —mientras mis padres estaban en la escuela— cuando los gobernadores estadounidenses intentaron obligar a que se cambiara al inglés como la lengua principal en las clases. Hubo resistencia pasiva a todo el concepto.

Todavía ahora veo cierta rebeldía: aun cuando la juventud reclama su derecho a la penetrante cultura del «rock and roll», la música que gobierna las ondas sonoras todavía se produce localmente. Es un asunto de orgullo para la gente de todas las edades aquí dominar los pasos intricados y movimientos sensuales de los bailes de la Isla. Todavía me asombra ver bien apretados a una pareja de más de setenta años en una sala de baile pública mientras bailan un sensual mambo. Cuando era niña, las celebraciones de mi familia —cumpleaños, bautizos, aniversarios— eran mis ocasiones favoritas. En algún momento de la noche, mi madre se separaba de las otras mujeres que se congregaban en la cocina y convencía a mi padre de que bailara con ella. Con su acostumbrada elegancia, él la hacía dar vueltas alrededor de la sala al ritmo de un vals. Con las mejillas pegadas, como dos enamorados, bailaban juntos como si no tuvieran problemas. Y tal vez mientras duraba el sensual bolero no los tenían. Escucho mientras la mujer que vacía los zafacones canta apasionadamente acompañada de la radio que lleva en su carrito. Hay explosiones espontáneas de canción entre el personal del aeropuerto que en cualquier otro lugar atraerían miradas curiosas y tal vez reacciones de alarma por parte de los patronos. La música es el opio de este pueblo. Todo el mundo lo consume y es gratis.

El aeropuerto de San Juan me hace sentir como si estuviera en un bazar en Marruecos. El lugar es una verdadera encrucijada para el Caribe, y los rostros abarcan un amplio espectro, desde el rosado langosta de un hombre de negocios holandés camino a las Islas Vírgenes hasta la pareja japonesa de vacaciones calladamente entusiasmados. Sin embargo, los dos que me interesan están sentados a la mesita a mi derecha. Obviamente son universitarios y tienen las obligadas mochilas estacionadas al lado de sus sillas. La chica es puertorriqueña; lo sé por su ligero acento en inglés, como el mío, que casi ha sido neutralizado por las entonaciones de la ciudad estadounidense. El chico parece ser del tipo niño rico: dientes perfectos y tez blanca, crianza cara. Está bronceado, es atlético y se encuentra obviamente embelesado por su compañera. Sin embargo, según las reglas de la Isla, con sus pantalones cortos y su camiseta, no está vestido apropiadamente para su primer encuentro. Especialmente para ser extranjero. Aquí la ropa lo dice todo. Ella está nerviosa. Tiene la mano sobre el hombro de él en un gesto posesivo; le está metiendo en la cabeza lo que debe decir y lo que no debe decir cuando lleguen a la casa de su familia.

El hombre al mostrador me hace señas; mi pedido está listo: frituras de bacalao, arroz y habichuelas coloradas. Mi hija, tan preocupada por la salud, me daría un sermón si pudiera ver lo que estoy a punto de consumir. Señalaría que la grasa es un defecto fatal en la cocina puertorriqueña. Describiría con detalles gráficos la forma en que mis arterias se van a tapar como si fueran viejas cañerías. Aunque me sé el sermón de memoria, le meto el diente. Mis células adiposas gritan: «¡Olé!». Mi cuerpo celebra la orgía de aceite y grasa y especias. El sabor y el aroma de la comida me llevan a mi primitivo yo puertorriqueño.

Los jóvenes enamorados en el puesto de frituras terminan de

comer. Ella le ruega que por favor, cuando lleguen a la casa, permita que el padre se encargue de la conversación, que coma todo lo que la madre le ponga delante y que no le haga caso a su hermana menor, quien tratará de coquetear con él. Desde luego, tendrán cuartos separados. Él hace una mueca traviesa cuando ella menciona este tema. Ella mira alrededor nerviosa para ver si alguien ha visto u oído la conversación. Mantengo mi cabeza baja, mirando el plato, pero los veo con el rabo del ojo. Él dice que sí a todo lo que ella dice, y suspira profundamente cuando se levantan de la mesa. «Hora de ir a la puerta, Maggie», le dice, agarrando las dos mochilas y colgándoselas sobre sus hombros musculosos.

—No te olvides de llamarme Margarita cuando lleguemos a mi casa. Mi padre detesta mi nombre en inglés —le advierte. Lo veo mover la cabeza con desaliento. Ella desliza su brazo por el de él y, de puntillas, lo besa en los labios. —Vas a estar bien, mi amor —le dice.

Le echo un vistazo a mi reloj y veo que también es hora de dirigirme a la puerta. Siempre disfruto del corto vuelo a través de la Isla en las avionetas de hélice. El espléndido contraste del paisaje esmeralda y el mar turquesa parece que se encuentra al alcance de la mano, como si pudiera sacar la mano a través de la ventanilla y agarrarlo como un puñado de piedras preciosas que llevaría conmigo para sacarlas en un día gris como un niño saca sus canicas.

Atravieso el concurrido aeropuerto, oyendo a la gente llamándose de un extremo a otro como si estuvieran en el parque: saludos, peleas, negocios y declaraciones, todo lanzado descuidada y libremente de un lado para otro. A mitad del camino, paso por una puerta automática, que se abre, y la ola de aire caliente y húmedo me llama hacia afuera. Cuando salgo al sol, una luz blanca que hace que todo parezca un espejismo me ciega por un momento. Las palmeras que bordean el camino se mueven de manera tan fluida que siento que estoy en la cubierta de un barco. Este efecto de conciencia colectiva, de movimiento coreografiado a un compás frenético, es todo parte de mis recuerdos más tempranos de la Isla; siempre me ha parecido que este lugar está de alguna manera más vivo que el continente espacioso, zumbando como un panal de abejas, rebosando de vidas que se viven en cercana proximidad. Me siento atraída por esto, capturada. El intenso murmullo de mis orígenes ha hecho su habitual conexión inesperada con mi cerebro o mi corazón; pronto no recordaré la diferencia. No hay forma de escapar de la canción que me llega al nivel de las células, cambiándome químicamente como si se hiciera parte de mi sangre, mi sistema nervioso. Creo que he llegado a casa, y todo mi ser lo reconoce.

Visito a mi madre en Puerto Rico todos los años. Un año llegué a su casa el día antes de que un monstruo de huracán se *organizara* para atacar las Antillas Menores. Napoleón estaba a la puerta y yo había llegado para la recepción. Mi madre me saludó tan cálidamente como de costumbre y entonces sugirió que le ayudara a guardar cosas en cajas y bolsas de plástico. Puse el televisor en CNN —el Hermano Mayor, que nos informa, querámoslo o no, de la catástrofe, en progreso o inminente. Le enseñé a Mami las fotos de satélite del Huracán Luis, la tormenta debidamente llamada con nombre de macho, que iba a engullir nuestra islita como si fuera un bocadillo antes de proseguir con una comida más suculenta.

—No vale la pena empacar —le dije en mi español de peor agüero—, todos vamos a morir.

—Apaga el televisor, hija —me aconsejó suavemente pero con firmeza—. Es Dios quien determina si nos ha llegado la hora, no CNN.

—Están prediciendo nuestro destino, Mami, no determinándolo. —Con qué facilidad había caído en la trampa que siempre me tiende. Esta mujer que tiene diez años menos de educación formal es tan astuta en sus trampas semánticas como cualquier sofisticado intelectual que yo haya conocido. Su argumento siempre es el mismo: probar que si yo sólo tuviera fe (o sea, la que *ella* practica), seguramente tendría una vida mejor.

—Así que están prediciendo el futuro, ¿no? ¿Como cuando voy a ver a una espiritista y me dice cuándo voy a hacer un largo viaje, quién es mi enemigo, cómo interpretar mis sueños y los números que debo jugar en la lotería nacional? Recuerdo la última descarga que me diste, poco después de que gané la lotería en el Club Optimistas con mi número especial. Me dijiste que no había sido más que una coincidencia.

—Eso es diferente. La predicción del tiempo se basa en datos científicos.

—Bueno, no estoy lista para morir. Tendremos tiempo suficiente para hablar más adelante. Ayúdame a empacar estas cosas y a preparar agua embotellada.

—¿Provisiones, Mami? —Decidí darle un poco de su propia medicina—. ¿Por qué debemos embotellar agua si Dios no tiene intenciones de aplastarnos sino sólo de asustarnos dejando que la bestia resople en nuestra cara?

—Hija, Dios aprieta pero no ahoga. —Su tono era todo lo pacientemente condescendiente que podía ser. A estas alturas, hemos perfeccionado nuestros roles en estas discusiones, como profesionales.

Podíamos haber continuado hablando sobre la vaguedad de Dios por varias horas, y lo hemos hecho. ¿Por qué nos aprieta Dios por el cuello? Con seguridad le preguntaría. ¿Por qué no estrangula? Y ella tendría una respuesta o un proverbio adecuado para todo.

Así que empacamos mientras Dios apretaba. Las cosas que ella escogió para guardar en sus bolsas de plástico más resistentes eran por lo general previsibles. Ella no tiene joyas ni valiosos objetos de arte. Empacó los abultados álbumes de familia con fotos que ella podría usar para armar el rompecabezas de nuestra vida familiar: ésta la sacaron antes o después de la muerte de tu Papi, durante la Crisis de los Misiles Cubanos, después de mudarnos a los Estados Unidos, antes de que tu padre se enfermara, cuando tú tenías dos, cinco, quince . . . y así sucesivamente. Los otros objetos eran sus talismanes y tótemes. Los objetos religiosos que había llevado de un apartamento a otro en los Estados Unidos, de casita en casita en la Isla, cuando era la esposa de un marino y, más tarde, cuando era viuda, a su regreso final a su patria. Me enfrasqué en el ritual. Le alcanzaba todo lo que me pedía como un acólito en una ceremonia; mi madre era la sacerdotisa que iba de estación en estación de nuestras vidas, haciendo que cada suceso ordinario cobrara significado al contar su historia.

En el poema que escribí sobre este incidente hablo del sentimiento de gracia que alcancé en la presencia de actividad sagrada que reconocí en los preparativos de mi madre antes de la tormenta. Ella hacía lo que yo intento hacer cuando trabajo en un poema, un cuento o un ensayo. Intento hacer que lo ordinario llegue a su pleno potencial simbólico. Trato de hacer arte del único material que tengo a la mano, mi vida y lo que he aprendido de vivirla y examinarla. Mi madre trataba de salvar los marcadores de la antología de su vida. Después de escribir «Antes de la tormenta», así lo entendí y empecé a verla de otra manera. A su lado ese día, mientras esperábamos que la bestia hiciera su voluntad (o la de Dios), la vi como una compañera artista. Por fin entendí que siempre he amado y admirado a esta mujer que es tan diferente de mí, cuyo lenguaje me hace vacilar, cuyo disfrute de la vida nunca puedo igualar y quien se deleita al probar que mis elevadas nociones sobre la vida y el mundo están equivocadas, porque es mi compañera artista. Y esto me llevó a la revelación más amplia de que el estado de gracia que sentí, que siempre había atribuido al acto creativo, está disponible a todos los que han alcanzado significado en sus vidas. Por esa razón, cambié de parecer ese día antes de la tormenta. Ya no me sentía privilegiada de haber logrado acceso a la culminación que sólo la escritura me da. Tanto ella como yo habíamos encontrado una forma de darles significado a nuestras vidas, y era la misma para las dos. Recogíamos los materiales para nuestro *collage,* buscábamos posibles diseños que surgían de las piezas, las organizábamos de la manera que nos parecía correcta y, por último, esperábamos que otros, cuya opinión sobre nuestro trabajo nos importaba, vieran su belleza y su valor.

Mientras llenaba la última bolsa, mi madre dijo: «¿Alguna vez te conté cómo a tu abuela la levantó el huracán San Felipe? Ella era delgada como tú y estaba cruzando el prado cuando la atrapó el viento y voló tan alto que pudo ver todo el pueblo a sus pies».

Había escuchado el cuento antes, pero obedientemente me senté en la mecedora de mi madre de cara al televisor silenciado que mostraba la cercanía de la tormenta asesina y escuché la nueva versión revisada. La última vez, la larga falda de mi abuela se había convertido en paracaídas, lo cual le permitió levitar lo suficiente para que el resto de su vida soñara una y otra vez que volaba. Hoy mi madre le concedía más tiempo en el aire.

Antes de la tormenta

HURACÁN LUIS, PUERTO RICO, 1995

Hablamos en susurros
sobre lo que vale la pena salvar. Una caja de fotos
se empuja bajo la cama, y la representación
de Jesús llamando a la puerta de alguien, un joven vacilante,
que llegaba con nosotros a cada casa nueva, y otra
de su querida madre sosteniendo el pobre cuerpo quebrantado
no muchos años después, se bajan
de sus precarios lugares en las paredes.
Nos sorprendemos de nuestras decisiones.
Ella llena cajas
mientras observo el cielo en busca de señales, aunque siento,

más que veo, que la naturaleza se está preparando
para el azote. Acallados, los pájaros buscan refugio
en las bandadas y los perros vagabundos dejan de mendigar
las sobras. Los aguacates se caen
de los árboles repletos en su patio
por decisión propia. El mal tiempo siempre trae una buena cosecha
de la fruta de agua, me dice; la tierra
nos ofrece nuestra última comida.

     En las islas circundantes, los frágiles hogares de los pobres
ya están en sus mandíbulas; los refugios que vemos en la película,
todos esos cuerpos acurrucados en la oscuridad anormal, el viento
    aullante
como perro hambriento en el fondo, nos hacen guardar silencio.
En los Estados Unidos mi familia y mis amigos observarán
las fotos de satélite de esta tormenta con inquietud
según se desenreda por el Caribe. Sin embargo, yo estoy demasiado
    cerca
para ver toda la imagen. Aquí, hay
un manto saturado que desciende,
una pesadez líquida en el aire, como lo que siente una mujer
antes del principio del parto. Finalmente,
la creciente urgencia del cielo, y estoy extrañamente emocionada,

Mujer frente al sol

a sabiendas de que estoy todo lo preparada que pudiera estar,
si me quedaran otros cincuenta años,
para ir con mi madre
a tierra más alta. Y cuando regresemos, si
regresamos, si hay una casa donde creímos
dejar una, todo será diferente.

Apropiarse del macho

Según una leyenda que no figura en los libros de historia, en 1496, cuando las naves de Colón atracaron en una islita caribeña para que la tripulación pudiera restaurarse, una feroz tribu de mujeres confrontó a los hombres. Vestidas para la guerra, llevando el plumaje de los guerreros, «asumieron una actitud amenazadora» frente a las embarcaciones. Asombrados —y tal vez también divertidos por el espectáculo— los hombres les suplicaron que les permitieran desembarcar para descansar y comer.

Fernando Colón, el hijo del almirante, cuenta en la biografía de su padre que las mujeres les ordenaron a los marineros que se fueran, advirtiéndoles que si querían provisiones, podían navegar rumbo a la costa norte de la isla donde había hombres que podían ayudarlos.

Sin embargo, los fatigados marineros no estaban para juegos en ese momento. El que las mujeres les hubieran negado hospitalidad era un insulto para su macho, así que comenzaron a dispararles con sus armas. Procedieron a saquear su villa, destruyeron lo que encontraron y se llevaron cautivas al resto de las mujeres guerreras. La resistencia que opusieron las mujeres fue tal que llevó al almirante a tomar nota de su «extraña furia». Según Fernando Colón, una mujer cacique, es decir, jefa de la tribu, por poco mata a «un valiente isleño»: «Trató de llevarlo prisionero; luchó con él, lo tiró al suelo y, de no haber venido otro de los cristianos al rescate, lo habría estrangulado».

La fiereza *antinatural* de estas mujeres insultó más de lo que impresionó a los cristianos. Las cautivas le dijeron al almirante, según el informe de su hijo, que las mujeres tenían maridos pero que no vivían con ellos. Ellas los llamaban cuando querían «acostarse con ellos». Y éstos eran encuentros breves y deliberados, determinados por las mujeres. Con toda seguridad, Fernando Colón había leído las leyendas clásicas de las mitológicas amazonas, así que no dudó de la existencia de estas mujeres macho de los cuentos de los conquistadores. También creía en monstruos marinos y ciudades de oro perdidas.

No es sorprendente que los historiadores hayan dejado de lado sus escritos selectivamente. Cero serpientes marinas, cero mujeres macho.

Tenemos estudios exhaustivos sobre la vida de mujeres corrientes en tiempos de la colonia española: las blancas piadosas y sumisas y las aborígenes golpeadas por la historia hasta que se mantuvieran en silencio y oscuridad y aceptaran pasivamente lo inevitable. El valor, incluso macho, de las mujeres aborígenes no podía hacerles frente a la enfermedad, la esclavitud, la violación y el genocidio. Unas pocas de las nativas que sobrevivieron se casaron con hombres blancos y procrearon una nueva raza que vivió de acuerdo con las reglas de sus conquistadores una vez que la cristiandad se estableció en la Isla. Después de un par de generaciones, la población indígena de mi isla nativa de Puerto Rico se había reducido a unos cuantos cientos que se las arreglaron para escapar a las montañas. No mucho tiempo después no se podía encontrar a nadie con pura sangre nativa por ninguna parte. Las mujeres de los conquistadores no fueron criadas para el macho; eran damas. Y las únicas mujeres que podían haber reclamado el término habían desaparecido en la leyenda o en las montañas para morir.

En el diccionario, el sustantivo «macho» se define como el macho de la especie. Sin embargo, lo que me interesa es el modificador; como en «hombre macho», una redundancia o una indicación de que el adjetivo también puede estar relacionado con otro sustantivo, ¿como mujer macho?

¿Qué defendían las guerreras caribeñas? Era su territorio, eso es evidente. No se menciona ningún ataque ni guerra iniciados por estas mujeres. Aparentemente les *pedían* a sus hombres que se aparearan con ellas, y se ponían el plumaje guerrero sólo cuando veían que se aproximaban invasores. Debido a que los historiadores nos han hecho creer que esto es una leyenda, me tomo la libertad de interpretarla desde mi perspectiva de mujer que protege su territorio artístico y personal ferozmente. Me parece que esta tribu de mujeres había escogido tomar el control de sus vidas, incluyendo su función reproductiva, la cual administraban decidiendo por sí mismas cuándo querían «acostarse con sus hombres». Me imagino lo horrorizado que debían estar los cristianos de Colón sólo de pensar en eso, y por qué tuvieron que apuntar sus escopetas contra estas mujeres. Cuando se ve una aberración, uno se persigna, encomienda el alma a Dios y dispara.

Lo interesante es que el matriarcado en el Caribe es un hecho histórico, un sistema que había funcionado para los nativos hasta el Descubrimiento. Hay alguna evidencia de la existencia de una poderosa jefa, una cacica llamada Loíza, cuya región se encontraba a las orillas de lo que hoy se conoce como el Río Grande de Loíza. Este río era sagrado para los indígenas de Borinquen —el nombre que los indígenas le dieron a la Isla antes de que los españoles cegados por la fiebre del oro la rebautizaran con el nombre de Puerto Rico— porque allí vivían muchos de los espíritus que ellos adoraban. Se dice que Loíza tenía el poder de invocar el espíritu de la lluvia buena que hacía crecer las cosechas. Su homólogo macho era el dios de las tormentas llamado Juracán (o Huracán). Su furia era devastadora. Aunque su nombre continúa vivo en el de un gran río, la cacica Loíza ha desaparecido en la leyenda. Es difícil probar que existió, a pesar de que los antropólogos han encontrado evidencia de una sociedad matriarcal fuerte que unía a las tribus indígenas de la Isla. Su religión se basaba en la Madre Tierra, con la creencia de que un equilibrio de los elementos macho y hembra era la fuente de la armonía en su mundo.

Los antropólogos han especulado que las mujeres también participaban en los juegos de pelota sagrados en los bateyes (o canchas de pelota) que se han excavado y reconstruido en este siglo. Fernández de Oviedo en su *Historia general y natural de las Indias, islas y tierra firme del mar oceano,* escrita en el siglo XVI, declara que los juegos, representados como ritos de fertilidad, «eran jugados por equipos de hombres o de mujeres, y a veces equipos de ambos sexos» y que «en algunas ocasiones las mujeres jugaban contra los hombres y las mujeres casadas contra las solteras». El propósito de los juegos, según el informe de primera mano de Fernández de Oviedo, era que tanto mujeres como hombres apelaran a los dioses con su belleza y su poder. La escena parece haber impresionado al mismo Fernández de Oviedo: «Es asombroso», escribió, «ver la velocidad y la agilidad de ambos sexos».

¡Era un espectáculo asombroso *y* perturbador para los conquistadores machos ver a mujeres y hombres enfrascarse en una batalla y jugar a la pelota en el mismo equipo! El consabido juego masculino de béisbol a menudo se conoce como «la pelota» en la Isla. Las mujeres no juegan a la pelota. ¿Por qué? La respuesta más memorable me la dio un hombre —«Porque las mujeres no tienen pelotas»— seguida de carcajadas.

Tal vez debido a que el único mundo que podían concebir los españoles que colonizaron la isla de mi nacimiento era uno dominado por machos equipados de pelotas, nací en una cultura que determinaba que el valor de una mujer dependía de lo bien que ella desempeñara el rol femenino predeterminado. Sentí sus limitaciones desde el principio, pero sobre todo después que descubrí que mi impulso artístico chocaba a menudo con el macho masculino. No se puede ser pasiva y *crear*. Por el hecho de que haya ejemplos famosos de mujeres que se quedaron en casa y eran artistas no hay que decir que estas mujeres fueran pasivas. La vida de Emily Dickinson fue, en sus propias palabras, «una pistola cargada». Las que se ven obligadas al silencio frustrado pueden terminar estrellando el cerebro contra el páramo, como especulaba Virginia Woolf, o simplemente dándose por vencidas ante la lucha enorme y contentándose con ser el ángel del hogar. Woolf decía que ella trataba constantemente de matar a esta solícita criatura para poder continuar con su vida de artista. Podemos meternos a un convento, donde podríamos tener el permiso de recibir una visión extática o dos sobre un asunto aprobado, o podemos reclamar nuestra parte del macho y confrontar los barcos.

Usar la palabra «macho» para modificar la palabra «mujer» puede llevar a una controversia semántica. ¿Puede una mujer tener «macho»? ¿Lo necesita? Después de todo, ella puede escoger muchos epítetos menos cargados que significan valor, que significan básicamente lo mismo que el modificador masculino. Sin embargo, no son exactamente lo mismo. Según los libros, fue necesario tener «macho» para conquistar el Nuevo Mundo, «lo que se necesita» para explorar el espacio y viajar a la luna. Se necesitan cojones para hacer cualquier cosa peligrosa y nueva, o así lo parece. Pero podemos ser capaces de transformar un hecho anatómico en una útil metáfora. Y tal vez necesitamos liberar el mundo, porque a menos que podamos reclamar el macho, estaremos condenadas a un rango inferior al que necesitamos para esta peligrosa exploración del espacio interior llamada creación artística.

Esto es «macho»: en su vuelo trasatlántico Charles Lindbergh piloteó un avión, el Spirit of St. Louis, especialmente diseñado para no permitirle tener visibilidad delantera (no quería quedar atrapado entre la cabina y el fuselaje en una emergencia, así que hizo que construyeran la cabina más hacia atrás). Cruzó el océano sin visibilidad delantera. Ésta es la clase de macho que le sirve mejor a un artista. No implica un grito de guerra. Es un acto de valor puro, un acto de audacia que se balancea entre el heroísmo y la bravuconada insensata. Se hace porque es tan necesario como innecesario. Si Lindbergh no hubiera cruzado el Atlántico, otra persona lo hubiera hecho. Pero él tenía que hacerlo. Era necesario para *él*.

Todos desfilamos hacia el transbordador espacial con Christa McAuliffe. ¿Pero llegamos a ser una parte del cielo con ella? Se necesitaba algo más que el valor para que estas dos personas se dirigieran hacia lo desconocido. El éxito, o en su caso, la sobrevivencia, no estaba garantizado. No hay garantías. Ésta es la única garantía en una vida dedicada al descubrimiento. Junto a la muerte, es posible que el fracaso sea lo que más tememos. Esta mañana, todas las mañanas, cuando me siento a rellenar una página con el mejor de mis esfuerzos por tal de que el lenguaje sea un medio viable para mi ser, me encamino hacia lo desconocido. No me enfrento a la muerte como los aventureros del mundo real Charles Lindbergh y Christa McAuliffe, pero yo también vuelo sin mapa, y sé lo que es el miedo paralizante. Escribir me expone al mundo, retándolo a aceptarme a pesar de que tengo una necesidad irresistible de poner al descubierto sus debilidades y defectos. El escritor es el matador en la plaza vacía. Incitamos a la bestia para que nos ataque, desplegando todo el rojo —el color del macho— que nos atrevamos, entonces esperamos ser lo suficientemente ágiles como para evadir sus cuernos —Por Dios— una vez más. Para cuando los espectadores lleguen a la plaza, nos habremos retirado a curar nuestras heridas. Todo lo que ven es la bestia que echa fuego por la boca que decimos haber creado. Algunas veces la muchedumbre ondea pañuelos blancos y el monstruo vive. Otras veces salen disgustados, sin ver más que una vaca vieja y cansada donde habíamos dejado —o así creíamos— de verdad —de veras que sí— el Minotauro

El escritor se sienta frente a la página en blanco, el pintor se enfrenta al lienzo vacío, el marinero parte rumbo al fin del mundo, el aviador dirige su nave hacia un nuevo continente, una maestra aborda una nave espacial, cualquiera sale de la seguridad de su hogar y entra en el tráfico. ¿Quién es el más sabio? ¿Quién dormirá más tranquilo esta noche? No hay garantías.

Sin embargo, muchos de nosotros quisiéramos creer que llevamos vidas sensatas y que no estaremos en peligro si no salimos a buscarlo. La artista sale o, más bien, *entra* y encuentra lo que le molesta y lo que la posee, y lucha con esto. Se transforma en esa mujer macho que asombró al hijo de Colón: «ella trató de hacer*lo* prisionero» (subrayado mío). Fernando Colón, como su padre y sus hombres, se sintió ofendido por esta inversión antinatural de las reglas del macho: una mujer guerrera era para él una contradicción. ¿Acaso no sabía esta india que una mujer no puede conquistar a un conquistador? ¿Que sólo los hombres pueden tener macho? No, ella no había sido civilizada todavía, así que ella creía que si necesitaba macho, lo podía sacar de sí misma, y por eso contraatacó.

La mujer que dormía con un ojo abierto

Por ser una niña atrapada en ese espacio solitario entre dos culturas y dos idiomas, me envolví en el velo mágico de los cuentos folclóricos y los cuentos de hadas. Los primeros cuentos que escuché fueron los narrados por las mujeres de mi familia en Puerto Rico, algunos de los cuales eran versiones de cuentos españoles, de cuentos europeos y hasta de antiguos mitos griegos y romanos que se habían traducido con el correr del tiempo y de acuerdo con las necesidades de cada generación hasta convertirse en los cuentos que escuché. Ellos me enseñaron el poder de la palabra. Estos cuentos han ido apareciendo en mis poemas y en mi prosa desde que decidí traducirlos yo misma y usarlos como mi paleta, los colores primarios a partir de los cuales comienza toda creación.

Los cuentos que se han convertido en el punto germinal no sólo para mi trabajo como artista creativa sino para mi desarrollo como mujer libre son los de dos mujeres. Una es María Sabida, «la mujer más inteligente de toda la isla», quien conquistó el corazón de un villano y «dormía con un ojo abierto». La otra es el opuesto de María Sabida, María la Loca, la mujer a quien dejaron plantada ante el altar, la mujer trágica que se volvió loca como consecuencia de un corazón partido. La que una vez había sido una hermosa muchacha, María la Loca termina siendo, en el cuento de mi abuela, una mujer digna de compasión que se refugia en la locura por haber sido deshonrada por un hombre, tras haberle regateado la única opción que se permitía reclamar: el matrimonio.

El cuento brutal y violento de María Sabida, que he encontrado en antologías de cuentos folclóricos procedentes de los relatos orales de ancianos a fines de siglo, me reveló el asombroso concepto de que una mujer puede tener «macho» —esa cualidad que los hombres de ciertos países, incluida mi isla nativa, han reclamado como prerrogativa masculina. El término «macho», cuando se despoja de género, para mí simplemente significa la arrogancia de asumir que se pertenece al lugar que uno escoge, que no se es inferior a nadie y que se defenderá el territorio cueste lo que cueste. En la mayor parte de los casos, no lo recomiendo como el mejor modo para abrirse paso en un mundo atestado de gente. Sin embargo, crecí en un lugar y en una época en los que la modestia y la sumisión eran las cualidades que se suponía que una muchacha debía asumir. Por eso, la mujer que dormía con un ojo abierto me intrigaba como posible modelo en mis años formativos como artista creativa. Desde luego, habría de pasar mucho tiempo antes de que yo articulara lo que entonces sabía instintivamente: el «macho» de María Sabida era lo que yo misma necesitaría reclamar para mi arte. Casi es una bravuconada decir «soy una escritora» en una sociedad donde esa condición suele significar «estoy desempleada», «vivo al margen de la civilización», «me declaro mejor/diferente» y cosas por el estilo. Conozco escritores que escribirían cualquier cosa bajo el apartado de «ocupación» en un pasaporte o solicitud de empleo antes que levantar la señal de alerta para la desconfianza que la palabra «escritor» ha llegado a tener para muchas personas.

Cuando siento que necesito una dosis de «macho», sigo una voz de mujer que me lleva hacia María Sabida. He llegado a creer que ella era la mujer más inteligente de la isla porque aprendió a usar el poder de las palabras para vencer sus temores; ella sabía que era esto lo que les daba el aura de poder a los hombres. Ellos sabían convencerse y convencer a los otros de que eran valientes. Por supuesto, ella todavía tenía que dormir con un ojo abierto porque cuando alguien roba secretos, nunca volverá a sentirse tranquilo ni en su propia cama. El mensaje de María Sabida puede ser completamente diferente para mí de lo que fue para la generación de mujeres que escucharon y contaron el viejo cuento. Como escritora escojo hacerla mi álter ego, mi comadre. En las culturas católicas dos mujeres que de otra forma no tendrían ninguna relación pueden contraer un vínculo sagrado, casi siempre con motivo de un niño, conocido como comadrazgo. Una mujer promete que ocupará el lugar de la otra como madre vicaria en caso de necesidad. Es un sacramento que las une, más sagrado que la amistad, más fuerte que la sangre. Y si estas mujeres violan la confianza de esta alianza sagrada, habrán cometido pecado mortal. Sus almas corren peligro. De modo semejante me siento en cuanto a mi compromiso con la mítica María Sabida. Mi comadre me enseñó a defender mi arte, a vencer al villano con mi ingenio. Si en algún momento flaquea mi determinación, me convertiré en María la Loca, quien se falló a sí misma, quien se permitió que la dejaran plantada ante el altar.

Comadres y compadres, permítanme contarles el cuento de María Sabida, la mujer más inteligente de toda la isla.

Había una vez un comerciante viudo que no tenía más descendientes que una hija. A menudo tenía que dejarla sola mientras él viajaba de negocios por tierras extranjeras. Ella se llamaba María Sabida porque era inteligente y atrevida y sabía cuidarse. Una día, el comerciante le dijo que se iba de viaje por mucho tiempo y dejó a María Sabida acompañada de sus amigas.

Una noche sin luna, cuando ella y sus compañeras se encontraban conversando sentadas en el balcón de la casa de su padre, María Sabida vio una luz brillante a lo lejos. Como la casa quedaba lejos del pueblo, se sintió intrigada por la luz. Les dijo a sus amigas que irían a investigar de dónde provenía la luz a la mañana siguiente.

Según lo había planeado, al día siguiente temprano, María Sabida y sus amigas salieron por el bosque hacia donde habían visto la luz. Llegaron a una casa que parecía deshabitada. Entraron y se asomaron a cada cuarto. Parecía ser la morada de un hombre, pero olieron comida, así que siguieron el olor hasta la cocina, donde un anciano meneaba un caldero enorme. El anciano les dio la bienvenida y las invitó a quedarse a comer. María Sabida miró lo que había en la olla y vio que estaba llena de brazos y piernas de niños. Entonces se dio cuenta de que era la casa de una pandilla de matones, secuestradores y ladrones que había estado sembrando el terror por el campo durante años. Asqueada por lo que había visto, María Sabida levantó la olla y la vació por la ventana. El anciano le gritó: «¡Has de pagar por esto, mujer! ¡Cuando mi señor regrese, las matará a ti y a tus compañeras!» Entonces, a punta de pistola, las llevó arriba y las encerró.

Cuando el cabecilla de los ladrones llegó con su pandilla, María Sabida lo escuchó conspirar con sus hombres para engañar a las mujeres. Llevando una bandeja de higos de sueño, el jefe entró en el cuarto donde las mujeres estaban encerradas. Con su voz encantadora las convenció para que comieran la fruta. María Sabida vio cómo sus amigas caían profundamente dormidas una a una. Según había planeado, ayudó al jefe a llevarlas a la cama. Entonces fingió comer un higo y se acostó bostezando. Para probar que la poción en la fruta había surtido efecto, el jefe de los ladrones encendió una vela y derramó unas cuantas gotas de cera caliente sobre la cara de las mujeres. María Sabida soportó el dolor sin decir una palabra.

Seguro de que las mujeres estaban profundamente dormidas, el jefe subió al segundo piso del balcón y con un silbido llamó a sus compañeros para que vinieran a la casa. María Sabida saltó de la cama mientras él estaba reclinado sobre la baranda y lo empujó. Mientras los hombres estaban atendiendo al jefe herido, María Sabida despertó a las mujeres, quienes la siguieron hasta que estuvieron fuera de peligro.

Cuando el padre de María Sabida regresó de su viaje unos días después, ella le dijo que había decidido casarse con el cabecilla de los ladrones. El padre le envió una carta para preguntarle si quería casarse con su hija. El jefe respondió inmediatamente que no había sido capaz de olvidar a la inteligente y valiente María Sabida. Sí, él se casaría con ella. La boda se celebró con una gran fiesta. Todos en el pueblo esperaban que María Sabida reformara a este criminal y que no tuvieran que temerle más a su pandilla. Sin embargo, en cuanto la pareja llegó a la casa de los ladrones, el marido le dijo a su desposada que ahora tendría que pagar por haberlo humillado frente a sus hombres. Le dijo que se fuera a su habitación y que lo esperara. María Sabida sabía que él iba a asesinarla. Tuvo una idea. Le pidió a su marido que le dejara tomar un poco de miel antes de acostarse. Él accedió. Y mientras él bebía ron y celebraba la muerte de la mujer con su pandilla, en la cocina, María Sabida hacía una muñeca de miel de tamaño natural con unos sacos. Llenó de miel la muñeca y le pegó un poco de su propio pelo a la cabeza. Hasta le amarró un cordoncito al cuello para hacer que la muñeca se moviera desde donde ella planeaba esconderse debajo de la cama matrimonial. Subió la muñeca al cuarto y la colocó sobre la cama. Entonces se metió debajo de la cama desde donde podía ver la puerta.

Poco después llegó el marido, borracho y sediento de sangre. Golpeó a la muñeca de miel pensando que era María Sabida. La insultó y le preguntó si todavía creía que era inteligente. Entonces le clavó una daga en el corazón. Un chorro de miel le golpeó la cara. Al probar la dulzura en su boca y en su lengua, el asesino exclamó: «María Sabida, qué dulce eres muerta, qué amarga eras viva. ¡Si hubiera sabido que tu sangre contenía tal dulzura, no te habría matado!».

María Sabida salió entonces de su escondite. Sorprendido de que María Sabida lo hubiera engañado otra vez, el jefe de los ladrones le suplicó que lo perdonara. María Sabida abrazó a su marido. Vivieron felices juntos, según dicen. Sin embargo, la noche de bodas, y todas las noches sucesivas, María Sabida durmió con un ojo abierto.

He traducido el cuento de María Sabida al inglés muchas veces con diferentes propósitos, y cada vez el cuento produce nuevos significados. Una y otra vez las palabras que uso para intentar igualar el poder del español cambian de significado sutilmente como si el cuento fuera un tablero de Ouija, que saca letras de mi mente para formar otros diseños. Esto no es magia. Es el poder sin explotar de la creatividad. Cuando una escritora se entrega a su llamado, ocurren cosas asombrosas. En la superficie, el cuento de María Sabida se puede interpretar como una parábola de cómo una mujer buena vence y amansa a un hombre malo. En las culturas hispánicas, con la mística de la Santa Virgen María, el rol de la mujer como eje espiritual y guía en un matrimonio es central. Los hombres nacieron para pecar;

las mujeres, para redimir. Como escritora, sin embargo, escojo interpretar el cuento de la mujer que vence al asesino, que se casa con él para no tenerle miedo, como una metáfora para la mujer creadora. El asesino es aquelllo que destruye la ambición, el impulso, el talento —el asesino de los sueños. No tiene que ser un hombre. La mujer más inteligente de la isla sabe que debe atrapar al asesino para no ser privada de su poder creativo. Casarse con el asesino, en mi opinión, quiere decir que la artista se ha casado con las fuerzas negativas en su vida que le impedirían alcanzar su misión y, más aún, que ha hecho que las fuerzas negativas trabajen para ella en lugar de contra ella.

Su dulzura es la visión de la belleza que la artista lleva por dentro, que pocos ven a menos que ella se sacrifique. ¿Tiene que ser destruida o destruirse para que el mundo pueda probar su dulce sangre? Virginia Woolf, Sylvia Plath y Anne Sexton bien pudieron pensar que sí. Yo más bien creo que la dulzura se puede compartir sin la aniquilación total, pero no sin dolor ni sacrificio: es parte de la fórmula del saco lleno de miel que habrá de salvarte la vida. La transacción que tuvo lugar entre María Sabida y su esposo asesino fue un trueque de «macho». Ella se apropió de su macho. Él lo comprendió. Por lo tanto, se abrazaron. La artista y su mundo llegaron a un acuerdo, aunque no fue fácil para ella. Tenía que dormir con un ojo abierto y tener cuidado con lo que se le ofrecía para comer. Recordar los higos de sueño.

Algunas mujeres comen higos de sueño temprano en sus vidas. Al principio son víctimas de este apetito femenino involuntariamente. Más adelante buscan el plato. Es más fácil dormir mientras la vida sucede a tu alrededor. Mejor soñar mientras los otros hacen cosas. La escritora reconoce la fruta envenenada. Puede fingir que duerme y soportar el dolor de la cera caliente mientras se prepara para la batalla, pero sabe lo que pasa a su alrededor en todo momento. Y cuando esté lista, actuará. De vez en cuando mi comadre tratará de salvar a otras mujeres que han comido higos de sueño. Tratará de animarlas, de despertarlas. Y a veces, las durmientes se despertarán y la seguirán camino a la libertad. Sin embargo, muy a menudo, escogen permanecer inconscientes. Se despiertan brevemente, miran alrededor. Ven que el mundo marcha sin ellas. Comen otro higo y vuelven a dormir.

Hay otro tipo de mujer a quien mi comadre no puede salvar: María la Loca, la mujer a quien dejaron plantada frente al altar. Escuché este cuento por primera de labios de mi abuela cuando era niña en Puerto Rico. Más adelante escribí este poema:

La mujer a quien dejaron plantada ante el altar

Ella llama a su sombra Juan,
mirando hacia atrás a menudo mientras camina.
Se ha puesto gorda y sus pechos son enormes
como cisternas. Una vez se abrió la blusa
en la iglesia para mostrarle al pueblo enmudecido
lo buena madre que podía ser.
Desde que su anciana madre murió, enterrada de negro,
vive sola.
Del encaje hizo cortinas para su cuarto,
tapetes, del velo. Ahora están
amarillos como la malaria.
Se cuelga pollos vivos de la cintura para venderlos,
camina al pueblo columpiando sus faldas de carne.
No habla con nadie. Los perros siguen
el olor de la sangre que ha de ser derramada.
En sus ojos hambrientos y amargados ve la cara de él.
Lo pasa por el cuchillo una y otra vez.

De nuevo, éste es un cuento que en la superficie trata de las ásperas lecciones del amor. Sin embargo, aun mi Mamá sabía que tenía un subtexto. Trataba del fracaso propio y de echarles la culpa a los otros. En mi libro *Bailando en silencio,* escribí basándome en el cuento de mi Mamá, para mostrar lo que ella me había enseñado acerca del poder de contar cuentos por medio del cuento de María la Loca. Mamá lo contaba como una parábola para enseñarles a las hijas que el amor puede derrotarte, si tu propia debilidad se lo permite.

Hay una mujer que viene a quejarse con mi comadre de que ella sabe que tiene talento, que lleva poesía en su ser, pero que su vida es muy dura, muy ocupada; su marido, sus niños le exigen demasiado. Ella es una persona moral y responsable y su conciencia no le permite darse el lujo de practicar el arte. Mi comadre saca el tiempo para decirle a esta mujer que ella puede escoger «aprender a dormir con un ojo abierto», evocar un poco de macho femenino y reclamar el derecho de ser artista. Pero la mujer siempre viene armada de razones, todas más grandes que sus necesidades, para explicar por qué habrá de morir siendo una mujer insatisfecha, añorando expresarse en versos líricos. Si se le presiona, insinuará que mi comadre no puede ser una madre buena ni una compañera comprensiva, si es capaz de encontrar el tiempo para escribir. En mi cultura, este tipo de mujer que ha perfeccionado un arte —el de la abnegación, a veces hasta el martirio— se conoce como la sufrida. En nuestra sociedad hay mucha más admiración y respeto hacia la sufrida que hacia la artista.

La artista también sufre —pero egoístamente. Sufre principalmente porque la necesidad de crear la atormenta. Si no es lo suficientemente afortunada como para ser verdaderamente egoísta (o no tiene suficiente macho como los hombres para hacer lo que siempre han hecho y reclamar el derecho, el tiempo y el espacio que ella necesita), entonces está condenada a ser una acróbata, a caminar sobre la proverbial cuerda floja que se extiende entre las exigencias en su vida —que pueden ser decisiones tomadas *antes* de descubrir sus vocación, como el matrimonio y los hijos— y su arte. La verdadera artista deberá usar su creatividad para encontrar una salida, sacar el tiempo, reclamar una mesa en la cocina, un cubículo en la biblioteca, si no le es posible tener un cuarto propio. De ser necesario, usará subterfugios, escribirá poemas en su libro de cocina, le robará tiempo al sueño o al tiempo social para escribir.

Una vez me pidieron que enseñara una clase de escritura por

la noche para un grupo de latinas trabajadoras que se habían tomado la iniciativa de pedirle a un grupo para las artes en la comunidad que organizara un taller al cual ellas pudieran asistir. Estas mujeres trabajaban duro en empleos embrutecedores por ocho horas o más todos los días, y la mayoría tenía varios niños pequeños y un marido cansado que las esperaban en casa para que les preparara la cena al final de la jornada de trabajo. Sin embargo, de alguna manera las mujeres se habían reconocido como artistas. Tal vez durante la pausa del almuerzo una de ellas se había atrevido a mencionar que escribía poemas o que llevaba un diario. Fuera como fuera, esa primera noche me reuní con un decidido grupo de mujeres cansadas; muchas miraban nerviosamente el reloj porque habían tenido que hacer mil peripecias para poder ausentarse de sus hogares una noche entre semana. Al darme cuenta de que las necesidades de esta clase serían diferentes de las de mis alumnos regulares, les pedí que anotaran el problema artístico más urgente. Leí los papelitos durante el receso y confirmé lo que había intuido. Casi unánimemente decían que su problema principal era que no tenían ni tiempo ni espacio para escribir. Cuando reanudamos la clase, les conté de mi método para escribir, cómo lo había desarrollado porque, para cuando me di cuenta de que tenía que escribir, era una joven madre y esposa y enseñaba a tiempo completo. Al finalizar el día, después de darle a mi hija toda la atención que yo *quería* darle, después de calificar ensayos y llevar a cabo las tareas normales que requiere la vida de familia, ya no daba para más. No podía evocar un pensamiento, mucho menos tratar de crear. Después de tratar varias maneras de sacar tiempo para mí misma, menos abandonar a mis seres queridos en nombre del arte, decidí cuál sería el sacrificio que tendría que hacer —y siempre hay uno: tenía que renunciar a varias horas preciosas de sueño. Para darme lo que necesitaba, tenía que dejar de comer los deliciosos higos de sueño que también te hacen una experta en encontrar excusas para no llegar a ser lo que tienes que ser. Empecé a acostarme a la hora que mi hija se acostaba y a levantarme a las 5:00 de la mañana. Y en las dos horas antes de que la casa cobrara vida, escribía y escribía y escribía. De hecho, casi siempre escasamente tenía tiempo, después de beber café y organizar el caos de mi cerebro, para escribir unos pocos versos, o una o dos páginas de mi novela —que me llevó, a ese paso, tres años y medio. Pero estaba trabajando, a un ritmo que muchos escritores sin obligaciones probablemente considerarían ridículamente lento. Pero escribía y escribo. Y no me dejaron plantada frente al altar.

Cada verso que coloco en una página me señala en dirección a mi comadre María Sabida y me aleja cada vez más de caer en el rol de la sufrida.

La primera tarea que le di al grupo de mujeres fue la siguiente: irse a casa y crear un lugar donde pudieran escribir a solas. Tenía que ser un lugar que de alguna manera pudiera ser acordonado, un lugar donde pudieran dejar libros y notas sin miedo a que nadie los desordenara y arruinara un pensamiento incompleto y, también importante, un lugar donde nadie pudiera sentirse en libertad de leer un trabajo en progreso —de ridiculizar y tal vez cohibir a la escritora. La segunda tarea: diseñar un plan para sacar tiempo para escribir todos los días.

Tal y como lo esperaba, esta última orden causó revuelo. Todas reclamaban que su situación era imposible: no tenían espacio, no tenían privacidad, no tenían tiempo, no tenían tiempo, no tenían tiempo. Pero yo me mantuve firme. Iban a escribir su versión del libro de Virginia Woolf *Un cuarto propio,* que cuadrara a sus vidas individuales.

Dos noches más tarde volví a reunirme con ellas. Recuerdo las caras de aquellas fatigadas mujeres esa noche. Estaban cansadas pero no vencidas, puesto que estaban acostumbradas a desafíos y a luchar contra viento y marea. Las había retado a usar la presencia de ánimo que les permitía sobrevivir en un mundo duro de barrio y factoría y su lucha interminable. La lucha por sobrevivir les era conocida. Una por una leyeron sus cuentos de cómo se habían hecho de un rincón para sí mismas. La más afortunada de ellas disponía del cuarto de huéspedes que la suegra ocupaba a menudo. Lo convirtió en su estudio y compró una cerradura; habría que pedir permiso para usarlo con otros propósitos. Otras se habían apropiado de un rincón aquí y otro allá, habían colocado una mesa y una silla, y habían separado un espacio para sí mismas. Se habían discutido las reglas de «Prohibido el paso» con los miembros de la familia; incluso se habían pronunciado suaves amenazas contra adolescentes entrometidos: si te metes con mis papeles, haré lo que me dé la gana con tus cosas. Era una celebración, pequeñas declaraciones de independencia por parte de mujeres acostumbradas a cederles su territorio privado a otros.

Esa noche vi que el acto de reclamar un poco de espacio y tiempo para sí mismas era el comienzo de algo importante para algunas de estas mujeres. Desde luego, no todas tendrían éxito contra el tiempo ladrón. Para algunas resultaría más fácil volver a la norma menos agotadora de la lucha diaria a la que estaban acostumbradas. Para defender el espacio artístico se necesita feroz devoción y vigilancia eterna, porque las necesidades de los otros crecerán como enredaderas en tu parcelita hasta que la hagan regresar a su estado selvático. Finalmente, llegamos a la última escritora en el círculo. Era una mujer joven que siempre parecía acosada y se veía desaliñada con sus viejos pantalones vaqueros y una camisa de hombre. Tenía dos hijos, dos diablitos, menores de seis años, y un marido ausente. El cuento que trajo a la clase la primera noche nos hizo llorar y reír. Tenía talento, no hay duda, pero la tarea de buscar el espacio y el tiempo para escribir casi la había hecho enfurecerse. Vivía en un apartamento estrecho cuya única mesa se tenía que usar para colocar víveres, cambiar pañales y planchar. El cuento que nos leyó lo había escrito mientras se encontraba en el hospital. ¿Qué había de hacer: cortarse las muñecas para poder encontrar tiempo para escribir? Guardamos respetuoso silencio esperando que empezara su lectura. Nos sorprendió al ponerse de pie y anunciar que esa noche se había traído el espacio donde escribía. Del bolsillo trasero del pantalón se sacó un cuaderno hecho a mano. Tenía una tapa dura forrada, y, por dentro, había papel cortado a la medida y cosido. También había un lapicito que cabía justo en la ranura. Abrió el cuaderno y empezó a leer su ensayo. Por poco renuncia a encontrar un lugar donde escribir. Dondequiera que dejaba sus papeles los niños los encontraban. Para ella era un juego. Al principio ella se había enojado, pero entonces decidió usar su imaginación para encontrar una forma de escribir a prueba de niños. Así se le ocurrió la idea de un cuarto propio portátil. Como no podía dejar a sus hijos y encerrarse a solas en un cuarto a escribir, se construyó un cuaderno que cupiera justo en el bolsillo de su pantalón. Tenía tapa dura, así que podía escribir mientras iba por la casa o llevaba a los niños al parque, o incluso mientras compraba los comestibles. A nadie le resultaría extraño porque parecía que se trataba de una ama de casa que hacía su lista de mandados. Incluso había escrito este ensayo apoyando el cuaderno sobre la cabeza de su hijo mientras él miraba televisión reclinado sobre las rodillas de ella.

Nuevamente hubo risas y lágrimas. Todas aprendimos una lección esa noche acerca de la voluntad de crear. A menudo pienso en esta mujer que llevaba su cuarto donde escribir a cuestas, y he contado su historia con frecuencia a otras mujeres que afirman que el mundo no les permite entregarse al arte. He puesto a esta mujer, quien sabía el significado de *ser* artista, en mi pequeño panteón de mujeres que duermen con un ojo abierto, el templo hecho de tablas donde voy a visitar a mi comadre cuentera, María Sabida, en busca de consejo.

No hay altares en este lugar sagrado, ni mujeres a quienes dejaron plantadas frente a uno de ellos.

En busca del jardín de mis mentoras

Una fábula para nuestros tiempos

Había una vez una jovencita que vivía en la casa de Inglés. La muchacha quería mucho a Inglés, aunque Inglés no era su lengua materna sino su lengua madrastra. La madre Inglés según era de hermosa era de cruel y prefería la compañía de hombres. Los hombres la usaban de muchas formas e Inglés los usaba a ellos. La entusiasmaban la acción y los peligros en la vida de los hombres. Se sabe que había festejado con los hombres de Beowulf, bebiendo licores fuertes en los salones de banquetes y trasnochando con ellos para componer poemas épicos sobre sus conquistas sangrientas. Se le vio a la mesa con Chaucer, ya madura, comiendo carne grasosa con los dedos. Y, por supuesto, todos hemos oído hablar de las orgías que organizaba con Shakespeare, con quien retozaba hasta que ya no podía más.

Madre Inglés rara vez se asociaba con mujeres, y, cuando lo hacía, todos temían el daño que podía causarles al delicado cerebro y corazón femeninos, lo cual sucedía a menudo. Se dice que Inglés hacía que ciertas mujeres perdieran el control y trataran de actuar como hombres. Para amar a Inglés como ella lo exigía, una mujer tenía que pagar un precio muy alto, a menudo a expensas de su reputación, su cordura y a veces hasta la vida. Inglés era como una droga venenosa que corrompía la mente de una mujer y la hacía descuidar a su esposo y a sus hijos, porque Inglés ocupaba el lugar destinado a los hombres en el corazón de la mujer.

La hijastra de Inglés se desesperó cuando descubrió que su madrastra desdeñaba no sólo a las mujeres sino también todo lo extranjero, lo desconocido, lo extraño. La amenaza de echar a perder su belleza por asociarse con mestizos hizo que Inglés entrara en pánico, y como su hijastra no era aceptable según sus normas, por ser una hija fea adquirida por medio de una unión política, la encerró en un cuarto cuyo uso original ya no recordaba. Pero la muchacha continuó amando a su madrastra porque la habían traído a su casa muy pequeña y no conocía nada ni a nadie tan bien como la conocía a ella.

Por casualidad, el cuarto donde estaba encarcelada la muchacha era también el lugar donde Inglés guardaba a todos sus antiguos amantes. La muchacha aprendió a amar a los hombres que Inglés había amado: Joyce, Lawrence, Byron, Shelley, Keats —había tantos señores británicos decentes e indecentes. Más adelante vinieron los estadounidenses temerarios que habían llevado a Inglés en paseos desenfrenados: Hemingway, Fitzgerald, Faulkner. La muchacha estudió la vida de Inglés a través de sus idilios con estos hombres y ellos la divirtieron y la educaron; pero aun así se sentía sola. No había otras mujeres en el cuarto. Nadie como ella con quien compartir y comparar.

Pasaron muchos años antes de que se topara con una tablillita secreta que contenía obras de mujeres que habían hecho un pacto con Inglés: Woolf, Dickinson, Stein, Plath, Sexton. Fue un gran descubrimiento porque dentro de cada uno de esos libros estaba la llave que abría la puerta del cuarto.

Cuando la muchacha salió, encontró a la avejentada Inglés jugando al solitario, su mansión ocupada ahora por forasteros. Al parecer, se había olvidado de su hijastra porque la invitó a una amistosa partida de cartas. Parecía sola y la muchacha se compadeció de ella.

—¿Por qué no nos reunimos con ellos? ¿Quiénes son? Parece que lo están pasando bien —sugirió, al ver que el lugar estaba lleno de gente que actuaba como si la casa de Inglés fuera su propia casa, hablándose unos a otros con palabras nuevas e interesantes que no había oído mientras estaba encerrada con los antiguos amantes de Inglés.

—Hijastros con sus hijos, parientes pobres y otra gente que han traído aquí sin mi consentimiento. Son bocones, hablan rápido y no los entiendo —dijo Madre Inglés.

—Pero están hablando tu idioma.

—No, no lo están —insistió la anciana, pero no con su antigua arrogancia, sino más bien con miedo evidente.

La muchacha vio que Inglés iba a necesitar su ayuda ahora que no era la mujer imperiosa que había sido antes. Le ofreció la mano a su madrastra, todavía una hermosa mujer.

—Vamos, Mamá. Vamos a que la nueva familia te conozca. Yo ayudaré con la traducción.

Y Madre Inglés, ya demasiado vieja y cansada para resistirse, suspiró con resignación, aceptó la mano de la hijastra y se unió a la fiesta.

FIN

Alice Walker opina sobre Flannery O'Connor:

Cuando era estudiante universitaria en los años sesenta leía sus libros constantemente, casi sin darme cuenta de la diferencia entre su trasfondo socioeconómico y el mío, pero los descarté llena de rabia cuando descubrí que, mientras estaba leyendo a O'Connor —sureña, católica y blanca— había otras escritoras —algunas sureñas, algunas religiosas, todas negras— que no me habían permitido conocer. Por varios años, mientras busqué, encontré y estudié a escritoras negras, dejé fuera a O'Connor deliberadamente, sintiéndome avergonzada de que ella hubiera llegado a mí primero. Y aun así, hasta cuando ya no la leía, la echaba de menos y me di cuenta de que, aunque al resto de los Estados Unidos no le importara, por haberla tolerado por tanto tiempo, yo nunca estaría satisfecha con una literatura segregada. Tendría que leer a Zora Hurston y Flannery O'Connor, Nella Larsen y Carson McCullers, Jean Toomer y William Faulkner, antes de que pudiera considerarme una persona instruida.[1]

Cuando era estudiante universitaria en los Estados Unidos durante los años setenta me di cuenta de lo mismo: tenía la necesidad de escribir, y no tenía modelos de mi propia clase. De hecho, recuerdo que sólo se mencionaba el nombre de una mujer para ser discutida seriamente en clase: Virginia Woolf. Al igual que la muchacha de mi fábula, yo estaba encaprichada por la literatura en inglés, pero empezaba a sospechar que iba a ser un amor no correspondido. A diferencia de Alice Walker, no tenía indicio de que alguien estuviera escribiendo para mí. Mi día de revelación llegó años después cuando me topé con un libro de cuentos escritos por alguien cuyo sexo no era evidente en su nombre. Flannery. ¿Qué tipo de persona podía tener un nombre así? Después de leer un cuento nada más

---

1 Alice Walker, *In Search of Our Mothers' Gardens: Womanist Prose* (San Diego: Harcourt Brace Jovanovich, 1983), 42–43.

—«Revelación»— supe qué tipo de persona: el mío. Para entonces, llevaba varios años viviendo en el Sur y tratando de demostrar mi corrección política y de no emitir juicios sobre las frases idiomáticas y costumbres extrañas de mis vecinos (*politically correct,* PC, ese término odioso, no había llegado a ser de uso común para entonces, así que yo creía que estaba tratando de ser cortés con mis anfitriones, como buena chica católica entre apasionados protestantes). Pero francamente, todavía me desconcertaban las contradicciones del temperamento sureño. En mi propio etnocentrismo de puertorriqueña católica en medio del Bible Belt, me veía como parte del grupo minoritario bueno: los míos eran generosos y no tenían prejuicios, eran tolerantes y pacientes. Algún día escribiría poemas y cuentos exaltando estas virtudes de mi gente mientras ponía al descubierto la opresión de los Otros.

«Revelación». Los cuentos de O'Connor me dejaron tan atemorizada como se quedó la señora Turpin en el corral de cerdos. Pero tenía una visión diferente de la que tenía la amable señora blanca cristiana que cree saber exactamente cuál es su lugar en el gran esquema de Dios. En la sala de espera de un consultorio médico, que O'Connor brillantemente construye como un microcosmos de clases sociales en el Sur, la señora

Turpin es agredida con un libro titulado *Desarrollo humano,* un misil dirigido a ella por una estudiante universitaria cuya ira ella parece haber provocado por el mero hecho de ser quien es. La señora Turpin se siente herida física y espiritualmente por la acción de la chica. No puede comprender por qué una señora agradable, limpia y trabajadora como ella debía ser atacada tan viciosamente por esta chica simple que, además de ser fea, se comportaba de manera fea. La gota que colma el vaso es que la llame «jabalí verrugoso del infierno». Este incidente hace que la señora Turpin emprenda un doloroso viaje introspectivo hacia lo más profundo de su alma. Siguiendo el torturado camino de su pensamiento, descubrimos que su sistema de valores se basa en división y clasificación. Por supuesto, ella se sitúa cerca de la cima de su escala cristiana junto a otros que han alcanzado el sueño americano de tener un poco de todo prudentemente, mientras coloca a los negros en el fondo y únicamente deja a la gentuza blanca en un puesto inferior. Luego se sorprende al darse cuenta de que no sólo algunos rechazan la cadena de la existencia que ha construido con tanto cuidado, incluidos los negros que trabajan para ella y que la tratan con condescendencia cuando les toca, sino también, lo que es todavía peor, que aquellos a quienes ella consideraba inferiores la han juzgado y la han encontrado carente de valor moral. Durante su visionario trance en el corral de cerdos, la angustia existencial de la señora Turpin la lleva a tener una visión de la verdad eterna donde sus categorías terminan patas arriba. De «Revelación»:

Había cuadrillas enteras de gentuza blanca, limpios por primera vez en su vida, y comparsas de negros con batas blancas, y batallones de gente extraña y de lunáticos que gritaban y aplaudían y saltaban como ranas. Y cerrando la procesión había una tribu de personas a quienes ella reconoció en seguida, gente como ella y Claud, que siempre habían tenido un poquito de todo y a quienes Dios les había dado la inteligencia para usarlo correctamente. Se inclinó para observarlos más de cerca. Iban marchando detrás de los otros con gran dignidad, responsables, como lo habían sido siempre, del buen orden y del sentido común y de la conducta respetable. Eran los únicos que marchaban al compás. Sin embargo, a juzgar por sus rostros sobresaltados y alterados, ella podía ver que hasta sus virtudes se estaban consumiendo.

Y así, en un incomparable párrafo, Flannery O'Connor despachaba las jerarquías sociales, económicas y raciales del Sur y— aunque el término no estaba disponible entonces para que ella lo rechazara —reemplazaba la corrección política por la corrección moral. Los niveles todavía existen en el mundo pero se pueden abolir en el corazón y la mente.

Para O'Connor, católica practicante, la revelación era la gracia de Dios que se manifiesta por medio de un individuo. Para mí, es otro tipo de epifanía. Muchos de nosotros tenemos una idea de que somos capaces de tomar decisiones morales y honradas. Es la misma obligación que tiene la artista para con su arte: ser honrada, compartir su perspicacia, su visión. Mi revelación al leer el cuento «Revelación» de O'Connor consistió en percatarme de que yo también estaba incluida en la multitud abigarrada que ella vio como parte de la visión de la señora Turpin. Si reemplazo el camino que lleva al cielo por el camino que lleva a la inclusión en la única realidad que conozco, la de mi vida aquí, en este país, entre una diversidad de personas, entonces yo también me puedo contar entre los creyentes, tal vez hasta entre los que se salvan.

Lo que Alice Walker descubrió, y para su gran mérito compartió con sus lectores, es que el arte de O'Connor nos abarca a todos en su belleza cruel y terrible. La revelación de la señora Turpin reúne a todos los personajes de la imaginación de O'Connor basados en la gente que conoció. Como el Dios severo pero justo en el que ella creía, es igualmente brutal en su presentación de sus debilidades y delicada en sus momentos de gracia. Usando su pluma de igualdad de oportunidades para todos como si fuera un bisturí, que siempre hacía la incisión increíblemente cerca de la yugular, nos brindó un panorama de nosotros mismos sin sentimentalismos, nos hizo pensar, nos ofendió y nos deleitó. Al final, después de haber conocido, odiado, aceptado y, finalmente, compadecido a la señora Turpin que hay en nosotros mismos, nos sentimos heridos y curados a la vez, mejorados por haber pasado por el bisturí.

La honradez según la practica la escritora es lo que aprendí del arte de O'Connor. Los cuentos, la poesía y los ensayos de Alice Walker me enseñaron que una escritora nunca debe rechazar el arte verdadero por arrogancia o superioridad o por razones políticas. Walker leyó y se benefició de los cuentos de O'Connor escritos en la lengua coloquial de otra época usando lo que ahora se consideran frases políticamente incorrectas. Me pregunto cómo habría reaccionado la batalladora señora O'Connor si le hubieran dicho que no podía usar la palabra que empieza con «n» en su obra. Sus libros han sido prohibidos en algunas bibliotecas escolares por su lenguaje «racista». Sin embargo, Alice Walker, una de las escritoras más importantes de nuestros días, quien también es afroestadounidense, valora el arte de O'Connor así. La ocasión descrita en «Más allá del pavo real», un ensayo de *En busca del jardín de nuestras madres,* es el final de la visita que ella y su madre hicieron a Andalucía, la granja de O'Connor en Milledgeville:

Paseamos en silencio, escuchando el suave barrido de las colas de los pavos reales según cruzan el patio. Noto cuán detalladamente O'Connor, en su ficción, ha descrito esta vista de las colinas redondeadas, la hilera de árboles, negra contra el cielo, el camino de tierra que baja desde el patio delantero hasta la carretera. Recuerdo su valentía y lo mucho —en su arte— que me ha ayudado a ver. Destruyó los últimos vestigios de sensiblería en la escritura blanca sureña; hizo que las blancas se vieran ridículas sobre pedestales y se acercó a sus personajes negros —como artista madura— con rara humildad y comedimiento. También lanzó hechizos y obró magia con la palabra escrita. Sé que siempre amaré la magia, el ingenio y el misterio de Flannery O'Connor; también conozco el significado de la expresión «Toma lo que puedas usar y deja que lo demás se pudra». Si alguna vez hubo una expresión diseñada para proteger la salud del espíritu, sin duda es ésta.

Años después de que los cuentos de Flannery O'Connor me revelaran que yo quería ser su tipo de escritora, por lo menos honrada, encontré el saludable espíritu de Alice Walker en acción en un cuento que, junto a «Revelación», me ha enseñado el poder de la verdad en la escritura. De esta forma, la narradora se describe a sí misma en «De uso diario», un cuento sobre el orgullo intelectual y la necesidad de valorar el arte por su función en nuestra vida diaria.

Soy una mujer grande, de huesos grandes, con manos toscas de hombre trabajador. En invierno llevo camisón de franela a la hora de acostarme y mameluco durante el día. Puedo matar y limpiar un cerdo tan despiadadamente como un hombre. Mi grasa me mantiene caliente cuando la temperatura baja a cero. Puedo trabajar afuera todo el día, rompiendo hielo para obtener agua para lavar; puedo comer hígado de puerco cocinado en la chimenea acabadito de sacarlo del cerdo. Un invierno le di un mazazo a un becerro, justo en el cerebro, entre los ojos, y puse a congelar su carne antes del oscurecer.

No encontramos a una mujer sobre un pedestal allí. Ni sensiblería barata. Sólo la verdad.

«De uso diario» trata sobre una universitaria que regresa a la casa de su madre en el campo de Georgia para reclamar una colcha enguatada así como otras posesiones preciadas de la familia que ella quiere exhibir como obras de arte. La presentación incisiva que Walker hace de la chica que ha adoptado todos los símbolos que definen a una intelectual negra progresista de los años sesenta (incluso se ha cambiado el nombre familiar tradicional, Dee, a uno africano que suena absurdo, Wangero) y el retrato realista de la madre fuerte y la hermana tímida con cicatrices causadas por un fuego son lecciones sobre cómo hacer arte que trascienda límites sociales, políticos y raciales. El hecho de que sean mujeres negras es importante —la raza es un elemento crucial del cuento— pero el conocimiento que se obtiene es universal, al nivel de lo que O'Connor llamaba «la verdad eterna». La vida de los personajes nos interesa a todos. En el cuento de Walker, el símbolo principal del mal uso de la historia, la cultura y el arte es la colcha enguatada. La hermana Maggie y la madre comprenden su verdadero valor. Había sido hecha con piezas de vidas verdaderas por mujeres relacionadas con ellas por sangre y tradición para el uso diario de sus seres queridos. Como O'Connor, Walker rechaza la intelectualización del arte, su apropiación por parte de intrusos que pueden tener poca comprensión o ninguna de su verdadera función original: consolar, curar, conectar y compartir una visión. La visión le pertenece a la tribu. Y esa visión se le puede conceder al más humilde en lugar de al más importante.

En «De uso diario» la madre toma una decisión sobre las colchas que una hija codicia y la otra necesita:

Cuando la miré así, algo me golpeó en la cabeza y me llegó hasta las plantas de los pies. Exactamente como cuando estoy en la iglesia y el espíritu de Dios me conmueve y me siento feliz y grito. Hice algo que nunca antes había hecho: me abracé a Maggie, entonces la arrastré hasta el cuarto, le arrebaté las colchas de las manos a la señorita Wangero y las tiré en la falda de Maggie. Maggie sólo se quedó allí, boquiabierta, sentada en mi cama.

De esta forma se les da su uso legítimo a las colchas.

El uso legítimo es lo que busco para mi vida y en mi arte. Quiero que a mis cuentos, mis poemas y mis ensayos se les dé uso diario. No quiero que sean meramente muestras simbólicas de cultura y raza ni que se conviertan en artefactos de mi época particular en la historia. Me gustaría que alguna persona poderosa echara mis palabras en la falda de alguien para que las usara según las necesitara.

En una ocasión, Flannery O'Connor contó de cuando le dio sus cuentos a una vecina en Milledgeville:

y cuando los devolvió, dijo: «Bueno, esos cuentos sólo van a mostrar lo que alguna gente *haría*», y me pareció que tenía razón; cuando se escriben cuentos, tienes que contentarte con empezar precisamente por ahí —por mostrar lo que algunas personas específicas *harán, harán* a pesar de todo.

Estas dos escritoras, que tanto me han revelado, compartieron conmigo una convicción de que la complejidad de la naturaleza humana no se puede expresar únicamente en blanco y negro; y escribieron sobre lo que vieron reflejado en sus propios espejos así como lo que observaron del otro lado de sus ventanas. Su esperanza, y la mía por ser su aprendiz, es que la lectora también pueda alcanzar a verse a sí misma cuando se mire en ese espejo oscuramente. Podemos incitarla a que se mire, de ser posible cortésmente, pero a veces puede que tengamos que golpearla por la cabeza.

¿Y es usted una escritora latina?

Allá para 1978, acabada de terminar estudios posgraduados y un tanto inhibida por haber leído y disecado las principales obras de grandes escritores muertos, pensé que me sentiría contenta de que algún día alguien se refiriera a mí simplemente como «escritora». Ahora resulta que no sólo soy escritora, sino que llevo la responsabilidad adicional de ser una escritora latina. ¿Qué es una escritora latina y cómo llegué a serlo? Mi desarrollo como escritora latina es un poco diferente del de otros en lo que se refiere a que, con la excepción de los años de mi niñez cuando mi familia vivía en Puerto Rico y en un barrio puertorriqueño en Paterson, New Jersey, he vivido en relativo aislamiento geográfico de las comunidades latinas de los Estados Unidos.

Subrayo la palabra «geográfico» porque, en mi mente, nunca

he abandonado la isla de mi nacimiento o quizás esa obsesión que se llama «la isla» nunca me ha abandonado a mí. Es el tema de gran parte de mi escritura. Sin embargo, no soy una especialista en el campo de literatura latina, sino más bien una escritora de libros escritos en inglés cuyo temas y escenarios principales reflejan el trasfondo emigrante de la autora y asuntos relacionados con su etnicidad. Me gustaría reiterar algunas de las preguntas que me han hecho tratando de determinar si soy una escritora puertorriqueña:

¿Por qué no escribe usted en español? ¿No le parece que escribir en inglés es una forma de venderse a la cultura dominante?

Mi decisión en cuanto a la lengua no es una declaración política: el inglés es mi lengua literaria, la lengua que aprendí en las escuelas del país adonde mis padres me trajeron a vivir cuando era niña. El español es mi lengua de familia, la lengua que hablo con mis parientes, en la que sueño, la que se encuentra entre las líneas de mis oraciones en inglés. La escritora puertorriqueña Nicholasa Mohr lo resumió muy bien cuando declaró en un ensayo sobre su obra: «Debido a que soy hija de la diáspora puertorriqueña, el inglés es la lengua que da vida a mi trabajo, a los personajes que creo, y que me estimula como escritora».[1]

¿Acaso no es el barrio de lo que usted escribe? ¿No necesita usted un sentido de lugar y comunidad para su arte? ¿Qué hace usted en Georgia?

Éstas son preguntas frecuentes de personas que no se pueden imaginar lo que una puertorriqueña está haciendo en el Sur. Una vez oí decir que una escritora puertorriqueña había preguntado que dónde yo vivía. Al oír la respuesta, dijo: «No en balde ha perdido la razón». Al principio, ofendida, interpreté que quería decir que me había vuelto loca, pero decidí que era mejor darle una interpretación más benévola. Lo que mi colega había querido decir era que mi aislamiento de otras como ella, como yo misma por extensión, no me había impedido formar parte de lo que Luz Vásquez ha llamado el fenómeno de la

---

1 "Puerto Rican Writers in the U.S., Puerto Rican Writers in Puerto Rico: A Separation beyond Language", en *Breaking Boundaries: Latina Writing and Critical Readings,* editado por Asunción Horno-Delgado, Eliana Ortega, Nina M. Scott y Nancy Saporta Sternbach (Amherst: University of Massachusetts Press, 1989), 12.

latina como «cuentista enojada». Escogí creer que mi compañera escritora, mi compañera en arte, quería decir que vivir entre los bosques de pino no había disipado la pasión de mi arte. Como mi universo literario reside en mí, y aunque admito la necesidad de contar con una «comunidad» donde el libre intercambio de ideas puede ser estimulante, escribo en aislamiento y en cualquier lugar donde pueda encontrar un cuarto propio.

En el aislamiento de mi arte encuentro una relación importante con la separación, ingrediente inseparable de mi psiquis como hija de inmigrantes. En su conferencia al recibir el Premio Nobel, Octavio Paz habló de «esta conciencia de estar separado [como una] constante de nuestra historia espiritual [latina]». Él también proponía que nuestras almas divididas pueden ser la génesis de nuestra expresión artística más poderosa: «[Nuestra separación] se transforma en escisión interna, conciencia desgarrada que nos invita al examen de nosotros mismos; otras aparece con un reto, espuela que nos incita a la acción, a salir al encuentro de los otros y del mundo».[2] Su conclusión es que, aunque él habla como escritor mexicano, desde sus experien-

---

2 Octavio Paz, "La búsqueda del presente", *Convergencias* (Barcelona: Seix Barral, 1991), 10.

cias y cosmovisión particulares, la soledad es la condición de la humanidad; nosotros los artistas tenemos la meta de construir puentes para superar la separación y unirnos con el mundo y nuestros semejantes.

En los años sesenta, cuando crecía en dos culturas confusas y en creciente fragmentación, absorbí literatura, tanto los cuentos orales que oí contar a las mujeres de mi familia como los libros en los que enterré mi cabeza como si fuera una criatura que consumía papel y tinta para subsistir. Cuando estaba en la universidad, primero me especialicé en sociología, con la esperanza de encontrar la forma de cambiar el mundo. Con la Guerra de Vietnam todos los días en la televisión y todos los otros ataques a mi ingenuidad política, no pasó mucho tiempo antes de que el encanto de la inocencia se quebrara. Para el sustento espiritual que ansiaba regresé a mi primer amor: la literatura. Aunque el mundo se estaba haciendo pedazos, cada autor que leía lo recomponía para mí, poniendo orden en el caos, aunque fuera fugazmente. Mientras visitaba el reino de su creador, el poema, el cuento o la novela hacían que las cosas tuvieran sentido para mí. Decidí que las palabras eran mi medio; el lenguaje podía ser domado. Yo podría hacer que funcionara para mí, si sólo tuviera la capacidad de detener con mi pluma la locura del mundo exterior. Es decir, tenía que creer que mi trabajo era importante para mi ser. Mi misión como escritora en ciernes fue hacer de mi arte un puente, para no ser como mis padres, quienes a duras penas trataban de mantener el equilibrio entre culturas, siempre temerosos de caer, preocupados porque no sabían a qué lugar realmente pertenecían; yo iba a cruzar el puente que yo diseñara y construyera, cuando yo quisiera, sin abandonar ninguno de los dos lugares, sino para ir y venir sin temor ni confusión sobre a qué lugar pertenecía —pertenezco a ambos.

Esto es lo que significa para mí ser escritora puertorriqueña estadounidense: reclamar mi herencia —beber de las aguas vivificantes de mi propio pozo, comer la fruta del mango que da el conocimiento del mal y el bien y crece en Borinquen, la isla tropical de los cuentos de mi madre, así como reconocer el país convulsionado y real que es Puerto Rico, adonde puedo regresar en cualquier momento que lo desee— y también reclamar la lengua de mi educación, el inglés, la cultura y la lengua de este país adonde me trajeron de niña. Los reclamo a los dos. Planto mi banderita de escritora en las dos orillas. Hay exclusivistas que quisieran que yo tomara partido. No me parece que esa decisión sea necesaria, así como Isaac Bashevis Singer no tuvo que renunciar a ser judío cuando escribió sus cuentos universales, ni Alice Walker negar sus raíces afroamericanas y sus comienzos sureños para escribir sus novelas estadounidenses. No es ni necesario ni beneficioso para mí como escritora ni como individuo renunciar a nada de lo que me hace una persona completa.

¿Dónde se inserta su obra dentro del canon literario estadounidense?

Me alegra tener que considerar esta pregunta. Temo que se me considere arrogante al hacerlo. Creo que si la obra de escritoras latinas, yo misma incluida, se considera valiosa, debe estar al lado de la obra de otros escritores estadounidenses que reflejan las preocupaciones de la gente que siente en carne propia nuestros tiempos. Ahí se encuentra terreno común, al nivel de nuestras obsesiones. En un ensayo importante que define la escritura latina, las editoras de *Breaking Boundaries: Latina Writing and Critical Readings* han declarado que «la escritora latina a menudo les dará preferencia a las vidas de mujeres que, como ellas, se han labrado una existencia dentro de un espacio de mujer. Más específicamente, su reconocimiento y celebración de lo que llamamos 'una herencia matriarcal' se puede expresar en comentarios como el de Ana Castillo: 'Todas tenemos poemas a nuestra abuelita'. No es raro que el discurso de las latinas le rinda homenaje al largo linaje de antepasadas femeninas» (12).

Cuando escribí el siguiente poema sobre mi abuela, no tenía idea de que estaba entrando en la categoría de escritora latina. Virginia Woolf era la única escritora importante que había oído «hablar» directamente conmigo desde el canon que seguía en los estudios posgraduados, y pasarían muchos años antes de que leyera *A Room of One's Own,* donde declara: «Una mujer que escribe recuerda por medio de sus madres».

Reclamaciones

La última vez que la vi, Abuela
se había arrugado como una carpa de beduino.
Había reclamado el derecho
a dormir sola, a poseer
sus noches, a nunca más llevar
la carga del sexo, ni a aceptar
el regalo de su placer, por el lujo
de estirar sus huesos.

¿Y es usted una escritora latina?

Había estado encinta de ocho hijos;
tres se habían hundido en su vientre, náufragos,
los llamaba, bebés que se habían ido a pique
ahogados en sus aguas negras.
Los hijos se hacen en la noche y
te roban los días
por el resto de tu vida, amén. Le decía esto
a cada hija una tras otra. Una vez
había hecho un pacto con el hombre y la naturaleza
y lo mantuvo. Ahora, como el mar,
está reclamando su territorio.

Desde entonces, he pensado por medio de mis madres a lo largo de docenas de poemas, ensayos, cuentos y una novela. Y no sólo mis madres biológicas, sino también mis madres literarias entre quienes se incluye una victoriana rica llamada Woolf; varias matriarcas afroestadounidenses como Madre Morrison y las hermanas Walker y Dove; mis musas sureñas, entre las cuales Flannery O'Connor es la más importante; las primas de América Latina, Allende y Esquivel; las puerto-rriqueñas contemporáneas, tanto de mi propia isla como de los Estados Unidos, a quienes considero mis parientes artísticas más cercanas; y mis contemporáneas latinas cuyo ejemplo me inspira y anima. Mis madres son todas mujeres fuertes, pero no todas son puertorriqueñas.

Finalmente, no me siento perdida en los Estados Unidos. No ando buscando una identidad. Sé quien soy y lo que soy. Y aunque tener una comunidad es agradable para un escritor —un grupo con el cual discutir una obra en progreso, un café donde socializar con otros que comparten sus intereses— no creo que esas cosas sean necesarias para la producción de una obra. En mi caso, específicamente, no siento una necesidad de que otros digan que mi obra es literatura «puertorriqueña» auténtica.

Aunque a menudo consulto a mis colegas especialistas en el campo de la literatura y la cultura puertorriqueña —algo que yo no soy, y abiertamente agradezco su ayuda y competencia— hago mi mejor trabajo cuando estoy en un cuarto a solas. No estoy confundida en lo que respecta a mi identidad cultural. Sé lo que soy porque mi puertorriqueñidad no se me otorgó: es parte de mí; no se me puede quitar. Se puede decir y se puede escribir que uno es o no es escritor puertorriqueño, pero la esencia de una persona no se puede dar ni quitar. Ya sea que escribo en español o en inglés, yo soy quien soy: una escritora que es una mujer puertorriqueña, ya sea que viva en New York City o en una finca en Georgia.

Como me preocupa mantener mi obra libre de restricciones de interferencia externa, de la presión de agendas políticas o de otra clase, tengo una necesidad aún mayor de regresar a lo que Octavio Paz describió como «aquella época [en] que yo escribía sin preguntarme por qué lo hacía» (13).

En mis libros sigo recuerdos, cuentos, sucesos y personajes que veo como guías hacia lo que Virginia Woolf llama «momentos de vida», de mi vida tanto en Puerto Rico como en los Estados Unidos. Es un proceso de descubrimiento. Mis libros no son ni historias de la emigración puertorriqueña ni estudios sociológicos; por lo menos, no los escribí así. Relato cuentos que narran el sufrimiento y el gozo de los emigrantes puertorriqueños de mi experiencia, mayormente mujeres; vuelvo a imaginar las escenas de mi juventud y las transformo a través de mi imaginación, intentando sintetizar los deseos colectivos de estas almas en un *collage* que quiere decir «Puerto Rico» para mí, que da forma a mi visión individual. Si estos cuentos, creados de mis recuerdos e imbuidos de mis percepciones, llegan a tener un mensaje universal, entonces me considero afortunada de haber logrado mucho más de lo que yo misma me permito esperar cuando me siento frente a esa hoja de papel en blanco que invoca a mi espíritu intranquilo como la vela de un creyente. Puesto que ya no soy la poeta joven e idealista que espera encontrar respuestas grandes a preguntas grandes, ahora me satisface ser la viajera solitaria, la caminante; mi principal esperanza: encontrar un diseño en los árboles, el camino menos trillado por el bosque. Sé a quién pertenece este bosque: si tengo suerte, encontraré su casa en el claro, siempre un poquito más allá —mi musa ancianita, mi abuela, sentada en su mecedora, deseosa de hacerme otro cuento; a través de sus cuentos, me enseña el camino de regreso a casa.

Y que Él sea bilingüe

Mujeres latinas rezan

Mujeres latinas rezan
en iglesias dulces de incienso
rezan en español
a un Dios anglo
de ascendencia judía.
Y este Gran Padre Blanco
imperturbable
desde su pedestal de mármol
mira hacia abajo
a sus hijas morenas
el brillo lujurioso de velas votivas
para sus ojos escrutadores
impasible
a sus persistentes plegarias.

Pero año tras año
ante su imagen se arrodillan
Margarita, Josefina, María e Isabel
todas con la fervorosa esperanza
de que si no es omnipotente
por lo menos Él sea bilingüe.

En este poema, uno de los primeros que escribí, expreso el sentimiento de impotencia que sentía al no ser hablante nativa de inglés en los Estados Unidos. No nativa. No partícipe de la cultura dominante. No, nada. Este poemita trata de la falta de identidad, de la ningun-idad de los que no hablan la lengua dominante y hacen un peregrinaje al único Ser que puede ayudar, con su fe puesta en que alguien esté escuchando, aunque con la sospecha de que ni Él entienda su lengua. Crecí en el mundo estrecho de la comunidad puertorriqueña de Paterson, New Jersey, y más tarde me mudé a Augusta, Georgia, donde mi universo «nativo» se redujo aún más, a un grupito de los que llegamos al Sur a través de los canales militares que nuestros padres habían escogido por necesidad económica. Escribí este poema irónico hace muchos años, por la necesidad de explorar la soledad, la casi falta de esperanza que había sentido y observado en otros que no hablaban inglés, muchos de mis propios parientes, que nunca dominarían el inglés lo suficientemente bien como para ser capaces de conectar con los hablantes nativos de formas tan importantes como lo hice yo.

Por haber crecido dentro de los límites de exiliados lingüísticos y haber hecho sólo fugaces incursiones en el paisaje vasto y a menudo espantoso llamado cultura dominante, es fácil para el recién llegado volverse etnocéntrico. Eso es lo que son Little Italy, Little Korea, Little Havana, Chinatown y los barrios, centros de asuntos étnicos. Después de todo, es una respuesta humana natural creer que únicamente hay seguridad dentro de los muros que rodean al círculo de otros que se parecen a nosotros, hablan como nosotros, se comportan como nosotros: es la regla básica del reino animal para sobrevivir —si algo que viene hacia ti no se parece a ti ni a los tuyos, lucha o huye.

Este miedo primitivo a lo que no conocemos es lo que he vencido por medio de la educación, los viajes y mi arte. Mi profesión es enseñar inglés y mi vocación es ser escritora. He escrito varios libros de prosa y poesía basados mayormente en mis experiencias de ser una latina en los Estados Unidos. Hasta hace poco, cuando el multiculturalismo se convirtió en parte

de la agenda política americana, nadie parecía prestarle atención a mi obra; de pronto resulta que soy una escritora puer-
torriqueña/estadounidense (latina). No sólo se supone que
comparta mi visión particular de la vida estadounidense, sino
que además se supone que sea modelo para una nueva generación de estudiantes latinos que esperan que les enseñe
cómo obtener un pedazo del proverbial pastel de la lengua inglesa. Verdaderamente disfruto de ambos roles públicos, con
moderación. Me encanta enseñar literatura. No mi propio
trabajo, sino el trabajo de mis antepasados literarios de la literatura inglesa y estadounidense —mi campo, es decir, la fuente
principal de mis modelos como escritora. También me gusta ir
a mis clases en la Universidad de Georgia, donde mis clases de
inglés en este momento todavía cuentan con más estudiantes
blancos estadounidenses y sólo algún que otro latino de vez en
cuando, y compartir mi perspectiva bicultural y bilingüe con
ellos. Es un público fresco. No siempre predico a los conversos.

Enseño literatura estadounidense como una marginada ena-
morada de la Palabra —no importa la lengua en que esté escrita. Los estudiantes, por lo menos algunos de ellos, llegan a
entender que mi principal criterio al enseñar es la excelencia
y que les hablaré de los llamados escritores minoritarios a

quienes admiro en los mismos términos en que les hablaré de los viejos modelos que ellos saben que deben honrar y estudiar. Les enseño por qué deben admirarlos, no a ciegas, sino con un ojo crítico. Hablo inglés con mi acento español a estos hablantes nativos de inglés. Les cuento de mi pasión por el genio de la humanidad, demostrado a través de la literatura: el poder de la lengua para afectar, enriquecer o disminuir y destruir vidas, su potencial para dar poder a alguien como yo, alguien como ellos. El hecho de que el inglés sea mi segunda lengua no parece importar pasadas las primeras clases, cuando los estudiantes a veces se miran de reojo, tal vez preguntándose si han entrado en el salón equivocado y en cualquier momento esta profesora «de español» les pedirá que empiecen a conjugar verbos regulares e irregulares. No es posible que sepan esto sobre mí: en mis clases todos están a salvo de recitar gramática española. Como casi toda mi educación formal ha sido en inglés, evito todo riesgo posible de entrar en una discusión de los usos del condicional y los méritos del subjuntivo en español: *Oye, yo sólo hago español, no lo explico.*

De la misma forma, cuando *sí* uso mi español y me refiero a mi ascendencia puertorriqueña, viene de muy adentro, de donde residen mi imaginación y mi memoria, y lo hago a través de mi escritura. Mi poesía, mis cuentos y mis ensayos se ocupan de la fusión de lenguas y culturas en una visión que tiene significado para mí en primer lugar; luego, si mi oficio no me falla y ocurre la transformación, también tendrá significado para otros como arte.

Mi vida cuando era niña y adolescente fue una de constante dislocación. Mi padre estaba en la Marina de los Estados Unidos, y nos mudábamos a Puerto Rico durante sus largos viajes de trabajo en el extranjero. En la Isla, mi hermano y yo asistíamos a una escuela católica dirigida por monjas estadounidenses. Entonces volvíamos de vuelta a Paterson, New Jersey, a tratar de ponernos al día, y a veces lo lográbamos, académicamente; socialmente era otra cosa por completo. Éramos los recién llegados perennes. Sin embargo, cuando escribo sobre esa vida de gitanos, construyo una continuidad que me permite ver mi vida igual a cualquier otra, con su parte de caos, con su propio sistema de orden. Esto es lo que he aprendido de escribir como persona de una minoría en los Estados Unidos y lo que les puedo enseñar a mis estudiantes: la literatura es la búsqueda humana de significado. Es así de sencillo y de profundo. Y todos nosotros, si somos seres pensantes, participamos del proceso. Es tanto un privilegio como una carga.

Aunque de niña a menudo sentí resentimiento por mi falta de raíces, privada de un hogar estable, amistades duraderas, la seguridad de una casa, un país, ahora me doy cuenta de que estas mismas circunstancias me enseñaron algunas destrezas que hoy uso para adaptarme a un mundo en constante cambio, un lugar donde puedes permanecer durante años y aun así despertar cada día y sentir la extrañeza que ocasionan la tecnología y la política. Podemos permanecer inmóviles y encontrarnos en una nación diferente creada de la noche a la mañana por decisiones en las cuales no participamos. Yo propongo que todos nos estamos pareciendo más y más al inmigrante y que podemos aprender de sus experiencias como extranjero en una tierra extraña. Sé que soy una sobreviviente en la lengua. Temprano aprendí que poseer el secreto de las palabras iba a ser mi pasaporte a la cultura dominante. Observen que no dije «asimilación» a la cultura dominante. Es una palabra que ha llegado a significar la aceptación de la pérdida de la cultura nativa. Aunque sé que de hecho todos tienen que «asimilar» lo que necesitan de entre muchas culturas diferentes para sobrevivir, especialmente en los Estados Unidos, prefiero usar el término «adaptar». De la misma forma en que adquirí las destrezas para adaptarme a la vida estadounidense, ahora tengo que adaptarme a un mundo de alta tecnología. No es tan diferente. Aprendí inglés para comunicarme, pero ahora conozco la lengua de las computadoras. He sido codiciosa al agarrar y acumular palabras. Poseo suficientes acciones en inglés para sentirme segura en casi cualquier situación donde mis destrezas lingüísticas tengan que serme útiles; y he reclamado mi rica cultura puertorriqueña para darle alcance y profundidad a mi búsqueda personal de significado.

En mis viajes por este país me sorprende constantemente la diversidad de su gente y su cultura. Es como un rompecabezas enorme y colorido. Y la belleza está en su complejidad. Sin embargo, hay algunas cosas que trascienden las diferencias evidentes: gran literatura, grandes ideas y grandes idealistas, por ejemplo. Opino que Don Quijote funciona en casi todo el universo; después de todo, ¿quién de nosotros no tiene un *Sueño imposible?* La sabiduría de Shakespeare le interesa a todo el planeta; el mensaje de Ghandi y de King es básico para la supervivencia de nuestra civilización, y la mayor parte de la gente lo sabe; y otras voces que son como una memoria racial humana hablan en una lengua que casi siempre puede cobrar significado.

Y el genio no viene en un único paquete: da la casualidad de que el Bardo era una caballero blanco de Inglaterra, pero ¿qué pasa con nuestra tímida Emily Dickinson? ¿La llamaríamos en nuestra clase, esa chica retraída al fondo del salón que mira de reojo la pizarra y se sonroja por cualquier cosa? Poco más y perdemos su arte por abandono. Gracias a Dios que la poesía es más fuerte que el tiempo y los prejuicios.

Aquí reside mi idealismo de maestra: me pregunto, quién va a decir que en este preciso momento no hay una adolescente nativo-estadounidense que contempla el desierto por su ventana como si estuviera soñando mientras hace la tarea del día, viendo el universo en un grano de arena, preparándose para compartir su visión única con el mundo. Puede que todo dependa de las próximas palabras que escuche, que pueden venir de mi boca o de la de ustedes. Y qué me dicen del chico afroestadounidense en una escuela secundaria rural de Georgia que me enseñó que, mientras yo lo dejara hablar, él podía componer versos. Sus maestros no habían podido hacer que respondiera a la literatura. Ahora escuchaban en respetuoso silencio mientras improvisaba una oda a su novia y a su carro, en una forma estrófica tan apretada y tan exacta (y contagiosa también) que, cuando discutimos la ensalzada obra de Alexander Pope, la llamamos pareados heroicos. Pero el chico se sentía intimidado por la forma en que Pope y sus valiosos compañeros del canon les habían sido presentados a él y a sus compañeros de clase, como dioses del Monte Olimpo, inimitables e incomprensibles por los humildes mortales como él. Por otro lado, cuando se le explicó, se sorprendió al ver que Alexander Pope y él compartían un buen oído.

Lo que estoy tratando de decir es que el fenómeno que llamamos cultura en una sociedad es orgánico, no fabricado. Crece donde lo sembremos. La cultura es nuestro jardín, y es posible que lo descuidemos, lo pisoteemos o decidamos cultivarlo. En los Estados Unidos estamos tratando con variedades que hemos importado, injertado, entrecruzado. Sólo puedo esperar que tengan razón los expertos que dicen que la tierra se repone de esta forma. Es el experimento estadounidense en curso, y tiene que echar raíces primero en el salón de clases. Si no tiene éxito, entonces volveremos a rezar y a esperar que por lo menos Él sea bilingüe.

Para comprender el azul

Soñamos en el idioma que todos comprendemos,
en la lengua que precedió alfabeto y palabra.
Cada vez que reclamamos belleza del mundo,
nos aproximamos a su gramática secreta, su silenciosa
sintaxis; nos acercamos a la piedra de Rosetta
para desmontar Babel.

Si digo «el azul», puede que no veas el color
de mi cielo, mi mar. Mira una vez mi cielo,
mi mar, y sabrás exactamente
lo que el azul significa para mí.

Empieza con esto: el beso fresco
de una mañana de septiembre en Georgia, las corrientes de aire
en forma de campanas cambiando en el firmamento, los fantasmas
   tristes

de humo colgando de un campo rozado y la forma
en que los días tendrán un sabor diferente cada semana
de la estación. Sábado
es fresa. Martes
es chocolate amargo para mí.

¿Entiendes lo que quiero decir?
Aun así, todo lo que soñamos regresa en círculos.
Imagínate el pájaro que vuelve a casa cada noche
con noticias de un mundo milagroso un poco más allá
de tu horizonte privado. Para comprender su mensaje
primero tienes que descifrar su dialecto de distancia,
su lenguaje de baile. Busca pistas
en su descenso arqueado; en la forma en que resiste
la gravedad. Sobre todo, tienes que aprender por qué
apunta cada día

hacia el azul sin límites.